WARCRAFT®
LE PUITS SOLAIRE™

Tome 1

La Chasse au Dragon

Écrit par
Richard A. Knaak

Illustré par
Jae-Hwan Kim

Histoire du Monde de Warcraft

Nul ne sait exactement comment l'univers est né, mais il est sûr qu'une race de dieux puissants à la peau métallique, venue des coins reculés du cosmos, explora l'univers nouveau-né et se chargea d'apporter la stabilité aux différents mondes, afin d'assurer l'avenir des êtres qui leur succéderaient. Cette race était celle des Titans.

Cherchant à créer l'ordre à partir du chaos, les Titans accomplirent une œuvre incommensurable : ils façonnèrent les mondes en élevant de hautes montagnes, en creusant de vastes mers, et en créant de leur souffle des cieux et de vibrantes atmosphères. Ils investirent les races primitives du pouvoir de maintenir l'intégrité de leurs mondes.

Dirigés par une secte élitiste connue sous le nom de Panthéon, les Titans mirent en ordre des centaines de millions de mondes disséminés dans le Grand Néant pendant les premiers âges de la création. Le bienveillant Panthéon désigna son plus grand guerrier, Sargeras, pour être la première ligne de défense contre les entités maléfiques extra-dimensionnelles du Néant Distordu, créatures démoniaques, dont la seule ambition était de détruire toute vie et de dévorer les énergies de l'univers vivant. La puissance de Sargeras était telle qu'il tua les démons partout où il les rencontrait... excepté un.

Malheureusement pour le Panthéon, l'incapacité des Titans de concevoir le mal sous quelle forme que ce soit joua en la défaveur de Sargeras. Après avoir, des millénaires durant, combattu ces êtres démoniaques et leurs atrocités, ce dernier sombra dans une dépression profonde, alimentée par le désespoir et la folie.

Il perdit toute foi, non seulement en sa mission, mais aussi dans la vision que les Titans avaient d'un univers ordonné. Il commença à croire que le concept d'ordre lui-même était pure démence, et que le chaos et la dépravation étaient les seules vérités absolues dans le vaste univers, sombre et solitaire.

Estimant que les Titans étaient les véritables responsables de la faillite de la création, Il décida de former une armée invincible qui anéantirait leur labeur dans tout l'univers et le consumerait dans les flammes.

Même la forme gigantesque de Sargeras fut altérée par la corruption qui gangrenait son cœur naguère noble. Ses yeux, ses cheveux et sa barbe devinrent des foyers ardents et sa peau de bronze s'ouvrit pour révéler une fournaise inextinguible de fureur et de haine.

Dans sa folie, Sargeras libéra les infâmes démons qu'il avait jadis emprisonnés. Rusés, ceux-ci se prosternèrent devant la colère sans borne du Titan noir, s'offrirent à lui et promirent de le servir de toutes les manières et avec toute la malveillance dont ils étaient capables. Dans les rangs des puissants Eredar, Sargeras choisit deux champions pour commander son armée de destruction démoniaque. Kil'jaeden le Trompeur fut choisi pour rechercher les races les plus sombres de l'univers et les enrôler dans l'armée de Sargeras. Le second champion, Archimonde le Profanateur, fut choisi pour mener au combat les vastes armées de Sargeras contre tous ceux qui s'opposeraient à la volonté corrompue du Titan noir.

Voyant que ses armées étaient formées et prêtes à obéir au moindre de ses commandements, Sargeras décida de les nommer La Légion ardente et leur donna l'ordre de se répandre dans les immenses étendues du Grand Néant. À ce jour, on ignore encore combien de mondes la Légion ardente a dévastés et brûlés dans sa croisade impie à travers l'univers.

Ignorant que Sargeras cherchait à détruire leur œuvre gigantesque, les Titans continuèrent à se déplacer de monde en monde, mettant en ordre et façonnant chaque planète comme il leur paraissait convenable. Au cours de leur voyage, ils tombèrent par hasard sur une petite planète que ses habitants appelleront plus tard Azeroth.

Plusieurs siècles durant, les Titans déplacèrent et façonnèrent la terre, jusqu'à ce que celle-ci forme un continent parfait. En son centre, ils creusèrent un lac d'énergies scintillantes, qu'ils nommèrent Puits d'éternité, et qui devait devenir une fontaine de vie pour le monde. Ses puissantes énergies devaient fortifier l'ossature du monde et permettre à la vie de s'épanouir dans l'humus fertile de la terre.

Peu à peu, plantes, arbres, monstres et créatures de toutes sortes commencèrent à peupler le continent primordial. Lorsque le crépuscule tomba sur leur dernier jour de travail, les Titans nommèrent ce continent Kalimdor : la "terre de l'éternelle lumière".

Contents que le petit monde ait été ordonné et que leur travail soit accompli, les Titans se préparèrent à quitter Azeroth. Mais, auparavant ils décidèrent de donner aux plus grandes espèces du monde le pouvoir de surveiller Kalimdor contre toutes les menaces possibles. À cette époque, les dragons étaient nombreux, mais cinq tribus dominaient leurs frères. Ce furent ces cinq tribus que les Titans choisirent pour prendre soin du monde naissant. Les Titans les plus influents du Panthéon conférèrent une partie de leur pouvoir à chacun des chefs de ces tribus, des dragons majestueux qui prirent alors le nom de Grands Aspects ou Aspects Dragons.

Ainsi nantis de leurs nouveaux pouvoirs, les Cinq Aspects furent chargés de la défense du monde en l'absence des Titans. Les dragons étant prêts à défendre leur création, les Titans quittèrent Azeroth pour toujours. Malheureusement, Sargeras finirait un jour ou l'autre par découvrir l'existence de ce nouveau monde...

Il vint un temps où une tribu primitive d'humanoïdes nocturnes trouva son chemin jusqu'aux rives du lac enchanté, le Puits d'éternité. Ces humanoïdes nomades et sauvages, attirés par les étranges énergies du Puits, construisirent des cabanes grossières sur ses berges paisibles. Ils furent peu à peu affectés par les pouvoirs cosmiques du Puits, qui leur donnait la force, la sagesse et les rendait quasi immortels. Cette tribu adopta le nom de Kaldorei, ce qui, dans leur langue natale, signifiait "les enfants des étoiles". Pour célébrer la naissance de leur civilisation, les Kaldorei érigèrent de grands édifices et des temples tout autour du Puits.

Les Kaldorei - appelés plus tard les Elfes de la nuit - adoraient Elune, la déesse de la lune, et croyaient qu'elle dormait la journée dans les profondeurs chatoyantes du Puits. Les premiers prêtres et prophètes des Elfes de la nuit, déterminés à percer ses secrets et sa puissance cachés, étudièrent le Puits avec une curiosité insatiable.

Au fil des siècles infinis, leur civilisation prospérait. Azshara, la belle et brillante Reine des Elfes de la nuit, construisit un palais immense et somptueux sur les rives du Puits pour y abriter ses serviteurs favoris, qu'elle nomma les Quel'dorei, ou "Bien nés". Ceux-ci se pliaient à la moindre de ses volontés et s'imaginaient supérieurs à leurs frères.

Partageant la curiosité des prêtres pour le Puits d'éternité, Azshara ordonna aux Bien nés de percer ses secrets, d'en découvrir la raison d'être et la finalité dans ce monde. Ceux-ci s'immergèrent alors dans le travail et étudièrent le Puits sans relâche. Peu à peu, ils acquirent la capacité de manipuler et de contrôler les énergies cosmiques du Puits et comprirent qu'ils pouvaient utiliser leurs nouveaux pouvoirs pour créer ou détruire à volonté. Insouciants, les Bien nés avaient découvert une forme de magie primitive et se donnaient pour ambition d'en acquérir la maîtrise.

Leur utilisation imprudente de la magie fit jaillir des spirales d'énergie hors du Puits d'éternité dans le Grand Néant par delà le monde, où elles furent perçues par Sargeras, le grand ennemi de toute vie. Ayant espionné le monde primordial d'Azeroth et perçu les énergies infinies du Puits d'éternité, il se jura de détruire ce monde naissant et de s'emparer de ses énergies.

Rassemblant sa vaste armée démoniaque, la Légion ardente, Sargeras se dirigea vers le monde insouciant d'Azeroth. La Légion comptait un million de démons hurlants, tous arrachés aux confins de l'univers… tous assoiffés de conquêtes.

Corrompus par leurs pouvoirs magiques, la Reine Azshara et les Bien nés ouvrirent un grand portail tourbillonnant dans les profondeurs du Puits d'éternité pour laisser entrer Sargeras et son armée. Les démons guerriers de la Légion ardente s'engouffrèrent dans Azeroth par le Puits d'éternité, semant la ruine et la désolation sur leur passage. Les braves guerriers Kaldorei s'empressèrent de défendre la terre qui les avait enfantés, mais ils durent céder, petit à petit, devant la furie meurtrière de la Légion.

Quand les dragons, conduits par le grand Léviathan rouge, Alexstrasza, se portèrent d'un vol puissant contre les démons et leurs maîtres infernaux, une guerre totale éclata. Tandis que la bataille faisait rage dans les champs embrasés de Kalimdor, un événement terrible se produisit. Si le temps effaça les détails de ce récit, il est avéré que Neltharion, l'Aspect de la Terre, fut pris de démence au cours d'une bataille capitale contre la Légion ardente. Sa cuirasse noire se fractura, et de ses entrailles surgit une éruption de flammes enragées. Se renommant Deathwing (Aile de la Mort), le dragon de feu trahit ses frères et éloigna les cinq tribus de dragons du champ de bataille.

La soudaine trahison de Deathwing fut si destructrice que les cinq tribus de dragons ne s'en remirent jamais totalement. Blessés et choqués, Alexstrasza et les autres nobles dragons durent abandonner leurs alliés mortels.

Ayant projeté de détruire le Puits d'éternité pour recouvrer leur liberté, un groupe de combattants Kaldorei affronta les Bien nés sur les rives du Puits. Cette bataille perturba le vortex dans les profondeurs du Puits et initia une chaîne d'événements catastrophiques qui, entraînant l'explosion du Puits d'éternité, masqua les cieux et fractura le monde à jamais.

Tandis que les séquelles de l'explosion du Puits faisaient trembler les fondations du monde, les mers se précipitèrent pour inonder les blessures béantes de la terre. Près de quatre cinquièmes des terres de Kalimdor furent dévastées, ne laissant que quelques continents isolés au milieu de ces nouvelles mers déchaînées. Au centre de ces mers, à l'endroit même où le Puits se trouvait naguère, une tempête d'énergies chaotiques faisait rage. Cette terrible cicatrice, connue sous le nom de Maelström, ne devait jamais cesser de rouler son tourbillon furieux, ni de rappeler la terrible catastrophe qui mit fin à l'âge d'or...

Les quelques Elfes de la nuit qui survécurent à la terrible explosion se regroupèrent sur des embarcations grossières et se dirigèrent laborieusement vers le seul continent à portée de vue. Tandis qu'ils voguaient en silence, ils assistaient au désolant naufrage de leur monde et comprirent que leurs passions avaient semé cette formidable dévastation autour d'eux. La destruction du Puits avait certes chassé Sargeras et sa Légion du monde, mais les Kaldorei ne pouvaient que se désoler de l'immense tribut versé pour remporter cette victoire.

De nombreux Bien nés survécurent au cataclysme... mais ils voulaient continuer à pratiquer la magie. L'un d'entre eux avait même dérobé un peu d'eau du Puits d'éternité et fondé un nouveau puits sur les nouvelles terres des Elfes de la nuit. Incapables de se résoudre à abandonner la magie, comme le souhaitaient leurs frères, les Biens nés (ou Quel'dorei, comme les appelait autrefois Azshara) prirent la mer, cap à l'Est, et débarquèrent sur une terre orientale que les hommes appeleront un jour Lordaeron. Ils y bâtirent leur propre royaume magique, Quel'Thalas, et renièrent le culte d'Elune ainsi que le mode de vie nocturne qui avait été le leur. Ils choisirent désormais le soleil et ne furent plus connus que sous le nom de Hauts Elfes.

Comme ils ne disposaient plus des énergies vitales du Puits d'éternité, les Hauts elfes découvrirent qu'ils n'étaient plus immortels ni immunisés contre les éléments. Ils devinrent également plus petits et leur peau perdit sa teinte violette caractéristique. Malgré ces dures épreuves, ils rencontrèrent de nombreuses créatures merveilleuses qu'ils n'avaient jamais vues à Kalimdor... dont des humains.

Au cours de plusieurs milliers d'années, les Hauts Elfes firent évoluer leur société et conclurent des alliances avec les communautés humaines voisines. Bien qu'ils aient bâti une série de monolithes runiques en divers points autour de Quel'Thalas pour dissimuler leur magie aux menaces extra-planétaires, les humains auxquels les elfes avaient enseigné la magie n'étaient pas aussi prudents. Les sinistres agents de la Légion ardente, qui avaient été bannis lors de l'effondrement du Puits d'éternité, furent de nouveau attirés par les incantations inconsidérées des magiciens humains de la ville de Dalaran.

Sous les ordres de son maître Sargeras, le rusé seigneur démon Kil'jaeden tramait la seconde invasion d'Azeroth par la Légion ardente. Pour lui, il fallait qu'une nouvelle armée affaiblisse les défenses d'Azeroth avant de faire intervenir la Légion. Si les races mortelles, telles que les elfes et les dragons, devaient faire face à une nouvelle menace, elles seraient trop affaiblies pour opposer une véritable résistance au moment où la Légion ardente lancerait son invasion.

Ce fut à ce moment que Kil'jaeden découvrit la planète fertile de Draenor, flottant paisiblement dans le Grand Néant par delà le monde. Habitée par le peuple clanique des chamans orcs, Draenor était aussi idyllique que vaste. Kil'jaeden savait que les clans des nobles orcs représentaient un grand potentiel pour servir la Légion ardente, pour peu qu'ils soient adéquatement préparés.

Pour dominer Ner'zhul, le vieux chaman orc, il procéda quasiment comme Sargeras pour faire tomber la Reine Azshara sous son contrôle, il y a bien longtemps. Ainsi, le démon répandit la soif de bataille et la sauvagerie à travers les clans orcs et finit par transformer ce peuple spirituel en un peuple sanguinaire.

Consumés par la malédiction de cette nouvelle soif de sang, les orcs devinrent l'arme la plus puissante de la Légion ardente. Avec l'aide d'un magicien humain corrompu, un Portail noir fut ouvert et traversa la distance entre Draenor et Azeroth, ce qui sonna le début d'une guerre sans merci entre les orcs et les humains.

Si les chevaliers humains eurent pour alliés les Hauts Elfes, les nains et d'autres races, les orcs s'allièrent aux trolls et aux gobelins, entre autres. De nombreuses villes humaines furent entièrement détruites et les orcs étaient sur le point de remporter la victoire jusqu'à ce que des conflits internes déstabilisent leur armée.

Saisissant cette opportunité, les humains reprirent le contrôle d'Azeroth et combattirent même les orcs jusqu'à Draenor, mais ces héros furent nombreux à périr au cours de l'explosion apocalyptique qui anéantit la planète.

Si Ner'zhul fut l'un des nombreux orcs à échapper à la destruction de Draenor, le corps du vieux chaman orc fut pourtant déchiré en lambeaux par Kil'jaeden, qui garda son esprit vivant, immobile et sans repos. Acceptant désespérément de servir le démon, l'esprit de Ner'zhul fut insufflé dans un bloc de glace taillé et dur comme du diamant, ramené des confins du Néant Distordu. Enchâssé dans son carcan glacial, Ner'zhul sentit sa conscience se développer et s'étendre comme jamais. Déformé par les pouvoirs chaotiques du démon, Ner'zhul devint une créature spectrale dotée d'un pouvoir incommensurable. L'orc que l'on avait connu sous le nom de Ner'zhul fut définitivement métamorphosé : le Roi Liche était né.

Kil'jaeden l'avait créé pour que celui-ci répande une peste de mort et de terreur à travers Azeroth, qui ferait disparaître la civilisation humaine à jamais. Tous ceux qui mourraient de cette peste se joindraient après la mort à l'armée des Morts-Vivants... et leur esprit serait irrévocablement soumis à la volonté de fer de Ner'zhul.

Malgré la volonté du Roi Liche d'éradiquer entièrement l'humanité, le riche et prestigieux Archimage Kel'Thuzad quitta sa ville de Dalaran pour entrer à son service. Alors que les rangs des Morts-Vivants déferlaient sur Lordaeron, le prince Arthas, fils unique du Roi Terenas, entama le combat contre le Fléau. Arthas parvint à tuer Kel'Thuzad, mais cela n'empêcha pas l'armée des Morts-Vivants de croître, chaque soldat mourant au combat pour défendre le royaume venant grossir ses rangs. Frustré et bloqué par un ennemi qui semblait invincible, Arthas prit des décisions de plus en plus risquées afin de le battre, à tel point que ses compagnons l'avertirent qu'il était en train de perdre ce qui lui restait d'humanité.

Ce sont finalement la peur et la résolution d'Arthas qui causèrent sa ruine. Pensant qu'elle lui permettrait de sauver son peuple, il s'empara de Frostmourne, l'épée runique maudite. Celle-ci lui conféra certes un immense pouvoir mais dévora son âme et fit de lui le plus grand des chevaliers de la mort du Roi Liche. Ayant perdu la raison, Arthas mena le Fléau contre son propre royaume, assassina son propre père, le roi Terenas, et écrasa Lordaeron sous la botte de fer du

Roi Liche.

Quand Arthas et son armée de mort s'en allèrent vers le sud, à Dalaran puis à Kalimdor, plus aucun elfe n'était vivant à Quel'Thalas et Kel'Thuzad avait ressuscité en un être encore plus puissant. La glorieuse nation des Hauts-Elfes, vieille de plus de 9.000 ans, n'était plus.

À Kalimdor, les Elfes de la nuit unirent leurs forces et combattirent la Légion ardente avec une détermination sans égale. Alliés aux humains et aux orcs (désormais libérés de leur soif sanguinaire), les Elfes de la nuit empêchèrent tout accès de la Légion au Puits d'éternité. Incapable de tirer puissance du Puits, la Légion ardente s'effondra sous la force combinée des armées mortelles.

En ce temps-là, le Fléau mort-vivant avait essentiellement transformé Lordaeron et Quel'Thalas en terres dévastées et toxiques. Les Hauts-Elfes étaient meurtris par la perte de leur terre natale et décidèrent de s'appeler les Elfes de Sang en hommage à leur peuple décimé.

La moitié de l'armée des Morts-Vivants, dirigée par la Reine Banshee Sylvanas Windrunner, s'insurgea afin de prendre le contrôle de l'empire Mort-Vivant. Finalement, Sylvanas et ses rebelles morts-vivants (également connus sous le nom de Réprouvés) revendiquèrent l'ancienne capitale en ruines de Lordaeron et jurèrent de débarrasser ses terres du Fléau et de Kel'Thuzad.

Malgré son état de faiblesse, Arthas prit le dessus sur les forces ennemies qui se rapprochaient du Roi Liche. Revêtant le heaume de ce dernier -d'une puissance phénoménale-, son esprit et celui de Ner'Zhul fusionnèrent, et il devint le nouveau Roi Liche. Ainsi, Arthas devint l'une des entités les plus puissantes que le monde ait jamais connu.

Arthas, le nouveau Roi Liche immortel, réside actuellement à Northrend. On raconte qu'il est en train de reconstruire la forteresse d'Icecrown. Son fidèle lieutenant, Kel'Thuzad, commande le Fléau dans les Terres de la peste. Sylvanas et les Réprouvés ne tiennent que Tirisfal Glades, une petite parcelle du royaume déchiré par la guerre, tandis que les humains, les orcs et les Elfes de la nuit tentent de bâtir une nouvelle civilisation à Kalimdor.

Après des siècles de conflits sanglants qui paraissaient s'éterniser, le monde pensait enfin pouvoir vivre en paix. La guerre contre les orcs sauvages était parvenue à son terme et les quelques créatures de la Horde encore vivantes étaient maintenues captives et étroitement surveillées.

Mais peu de temps après, au moment où les villes se reconstruisaient, une nouvelle force maléfique et monstrueuse fit son apparition : une union de l'armée démoniaque de la Légion ardente et du Fléau Mort-Vivant déferla sur les humains et les orcs, forçant ces deux ennemis de toujours à faire alliance.

Pourtant, ce n'est qu'après l'arrivée des mystérieux Elfes de la nuit et le sacrifice d'innombrables vies humaines que la Légion ardente fut vaincue. La quasi-totalité du Royaume elfique de Quel'Thalas et du Royaume humain de Lordaeron a été réduite en cendres et transformée en Terres toxiques par le Fléau Mort-Vivant.

Désormais, un équilibre précaire règne entre les vivants et les morts, et chaque camp est à la recherche de ce qui peut faire pencher la balance en sa faveur.

C'est ainsi qu'un jeune dragon bleu traverse les airs en direction du sud de Lordaeron. Enfin... du peu qu'il en reste...

WARCRAFT
LE PUITS SOLAIRE™

LA CHASSE AU DRAGON

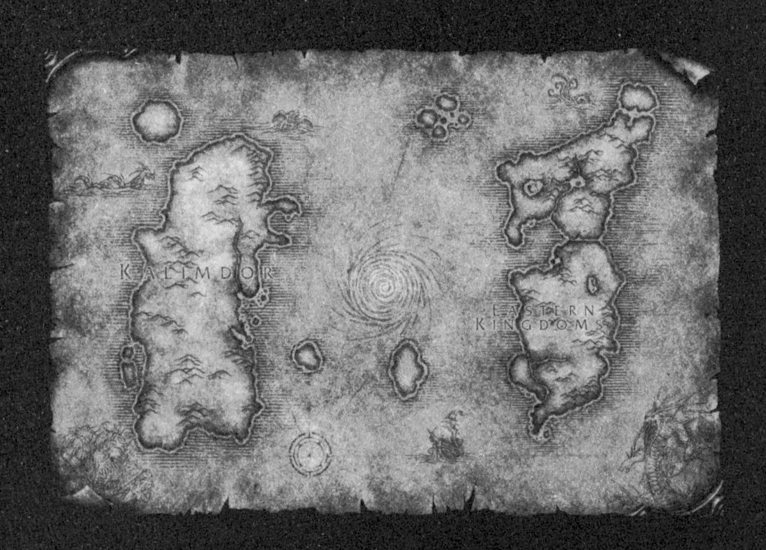

CHAPITRE 1 LA PROIE DE HARKYN GRYMSTONE
FEU !
FWOOM

FWOOOM

RRRAUGH!!
BWAM

?!?!?
RRRARGH!!
BWAM
THWAM
KRAK

IL EST À TERRE...
LE TIR N'ÉTAIT PAS PARFAIT ! IL EST PROBABLEMENT ENCORE EN VIE...
ASSURONS-NOUS QU'IL N'EN A PLUS POUR LONGTEMPS.

CLING
KRAK
UNNNGH...
UNNNGH...

NNNGH...

QUI ES-TU... ?
CHHHH...
...TU ES GRAVEMENT BLESSÉ.
JE... JE NE DOIS PAS RESTER ICI... ET TOI NON PLUS.
ILS VOUDRONT SAVOIR... S'ILS M'ONT EU.
UNNGH
L...LAISSE-MOI !
PAS QUESTION !

J'HABITE TOUT PRÈS D'ICI. TU POURRAS TE REPOSER ET MES PARENTS T'AIDERONT.
TU NE COMPRENDS DONC PAS ! TU TE METS EN GRAND DANGER !
TU ES BLESSÉ. JE NE PEUX TE LAISSER SEUL ICI.
TU NE SAIS MÊME PAS QUI JE SUIS...
MAIS...
...TU ES UN DRAGON...
...N'EST-CE PAS ?
?!?!?

LE DRAGON BLEU A DISPARU !
COMMENT DIABLE EST-CE POSSIBLE ?
PEUT-ÊTRE FILET DESSERRÉ ?

QU'EST-CE QUE C'EST QUE ÇA ? UNE TRAÎNÉE DE SANG !
OUI, MAIS CRÉATURE PLUS PETITE...
PAS DE CHAIR DE DRAGON ? VOLL A FAIM...
VOLL TOUJOURS FAIM !

HEUREUSEMENT QUE LE PATRON NOUS A DONNÉ ÇA... ON VA VÉRIFIER TOUT DE SUITE !
CETTE TRACE VA SÛREMENT NOUS MENER JUSQU'À LUI ! JE NE LE LAISSERAI PAS S'ÉCHAPPER, CROYEZ-MOI !
SNEE ! VOLL ! DÉPÊCHEZ-VOUS ! NOTRE PROIE N'EST PLUS TRÈS LOIN !
AH... AH !!! TU VOIS GROTH ? ELLE BRILLE QUAND JE LA TIENS DANS CETTE DIRECTION !

NOUS SOMMES ARRIVÉS !
NON, IL NE FAUT PAS ! TU NE DEVRAIS PAS TE METTRE EN DANGER !
CHHH... ! TU MANQUES DE FORCE ! MES PARENTS SERONT HEUREUX DE T'AIDER !
REGARDE ! LES VOILÀ ! PÈRE ! MÈRE !

ANVEENA ! TU AS RAMENÉ UN INVITÉ À CE QUE JE VOIS !
BONJOUR JEUNE HOMME ! QUEL EST VOTRE NOM ?
PÈRE ! MÈRE ! IL S'APPELLE KALEC. C'EST UN *DRAGON BLEU*. UN CHASSEUR LUI A TIRÉ DESSUS ! JE L'AI VU S'ÉCRASER AVANT DE REPRENDRE FORME HUMAINE.
!!!

OH... FAIS-LE RENTRER ! NOUS ALLONS JETER UN ŒIL À SA BLESSURE !
PAUVRE PETIT ! ET PUIS IL DOIT ÊTRE MORT DE FAIM !
MAIS...

ALLONS ! ALLONS ! NE VOUS FAITES PAS DE SOUCI ! TOUT LE MONDE EST BIEN ACCUEILLI CHEZ NOUS !
ENTREZ ! ENTREZ !
TU VOIS ! TU TE SENTIRAS BIEN ICI.
NON...IL NE FAUT PAS...
VOUS NE COMPRENEZ DONC PAS ! J'AI UNE MISSION À REMPLIR...
EH LÀ, EH LÀ ! PAS AVANT D'AVOIR PRIS UN PEU DE REPOS...

IL Y A DEUX TRACES. L'UNE DES DEUX EST PLUS FINE. UNE *FEMME,* PEUT-ÊTRE...
JE ME MOQUE DE SAVOIR QUI ILS SONT... TOUT CE QUE JE VEUX, C'EST CE DRAGON. NOUS TOUCHERONS UN BON PRIX POUR SA TÊTE... POUR LA TÊTE DE *N'IMPORTE QUEL* DRAGON.
BIEN ENTENDU, EN CE QUI ME CONCERNE, L'ARGENT N'EST QU'UN BONUS...

J'EN RÊVE ENCORE LA NUIT, GROTH...
...LA BÊTE... LE SANG... **MA FAMILLE...**
...MASSACRÉE... ET MON PROPRE CORPS DÉCHIRÉ EN LAMBEAUX, ABANDONNÉ À LA MORT.
MAIS JE NE SUIS PAS MORT... ET JE ME SUIS JURÉ DE POURCHASSER CE DRAGON À JAMAIS.

N'IMPORTE QUEL DRAGON ! ET MAINTENANT QUE LE PATRON NOUS A DONNÉ LE MOYEN DE LE FAIRE...
...JE NE LAISSERAI PERSONNE SE METTRE EN TRAVERS DE MON CHEMIN ! PERSONNE !

ALLEZ, BANDE DE VAURIENS ! LA BOULE DE CRISTAL DIT QU'ON SE RAPPROCHE DU DRAGON BLEU...
GULP
JE VOUS REMERCIE DE VOTRE HOSPITALITÉ.
TTTT, CE N'EST PAS TOUS LES JOURS QU'ON REÇOIT UN DRAGON CHEZ SOI !
EN EFFET ! ET PUIS VOUS ÊTES UN AMI D'ANVEENA...
PÈRE, MÈRE... VEUILLEZ NOUS EXCUSER.
BIEN SÛR MA CHÈRE.
ET PUIS NOUS DEVONS RETOURNER AU TRAVAIL.
TA FAMILLE EST TRÈS BONNE, ANVEENA. LA PLUPART DES GENS AURAIENT PRIS LA FUITE OU BIEN ESSAYÉ DE ME TUER.
C'EST HORRIBLE ! MAIS POURQUOI DONC ?
LA PEUR, TOUT SIMPLEMENT. LA PLUPART DES DRAGONS VEILLENT SUR LES PLUS PETITES RACES, MAIS LES DRAGONS NOIRS, EN PARTICULIER, N'ONT EN EUX QUE DE LA HAINE.

PEU D'ENTRE VOUS SAVENT CE QUI NOUS DISTINGUE DES DRAGONS NOIRS. POUR VOTRE RACE, NOUS SOMMES TOUS DES *BÊTES FÉROCES.*
MAIS CHAQUE DRAGON DE COULEUR EST SOUS LES ORDRES D'UN DES GRANDS ASPECTS, LES PLUS PUISSANTS DE TOUS LES DRAGONS.
MON MAÎTRE EST *LE DRAGON BLEU MALY-GOS*, LA MAIN DE LA MAGIE, ET NOUS, LES DRAGONS BLEUS, SOMMES TRÈS PEU NOMBREUX. IL Y A LONGTEMPS, L'EFFROYABLE DRAGON NOIR *DEATHWING* A TRAHI MON MAÎTRE ET A MASSACRÉ LE PLUS GRAND NOMBRE D'ENTRE NOUS.

AUJOURD'HUI, NOTRE GROUPE CROÎT À NOUVEAU, MAIS PAS ASSEZ RAPIDEMENT. C'EST POURQUOI MALYGOS M'A ENVOYÉ À LA PLACE D'UN ANCIEN.
MAIS POURQUOI EST-CE QUE JE LUI RACONTE TOUT ÇA ? TOUT CELA DOIT RESTER SECRET !! MAIS QUELQUE CHOSE ME DIT QUE JE PEUX LUI FAIRE CONFIANCE.
QUELLE MISSION T'A-T-IL CONFIÉ ?
C'EST DIFFICILE À EXPLIQUER. NOUS AVONS SENTI LE RAYONNEMENT D'UNE GRANDE SOURCE DE POUVOIR. NOUS, LES DRAGONS BLEUS, PERCEVONS CES CHOSES-LÀ, ET SURTOUT MALYGOS, MON MAÎTRE.
ET QUAND IL A SENTI CE RAYONNEMENT, IL NOUS A IMMÉDIATEMENT APPELÉ À LUI.

QUE SAIS-TU DU ROYAUME ELFIQUE DE QUEL'THALAS ?
DÉTRUIT PAR LE FLÉAU MORT-VIVANT AVEC L'AIDE D'UN *TRAÎTRE ?*
OUI, NOUS CONNAISSONS BIEN QUEL'THALAS !
NOUS VENONS DE LÀ-BAS !
VOUS ? **DES HUMAINS ?** LES ELFES SE MÉFIENT POURTANT DES ÉTRANGERS ! CES ÉVÉNEMENTS ONT ÉTÉ D'AUTANT PLUS TERRIBLES QU'ILS ONT ÉTÉ TRAHIS PAR L'UN DES LEURS.

ILS NE PENSAIENT PAS QU'UN DES LEURS SERAIT JAMAIS SÉDUIT PAR LE POUVOIR DU ROI-LICHE... MAIS L'UN D'EUX LE FUT.
EN SECRET, IL A TENTÉ DE DÉROBER, POUR LE FLÉAU MORT-VIVANT, LA SOURCE MÊME DE LA PUISSANCE DES ELFES... CELLE QUI LES AVAIT JUSQU'ALORS PROTÉGÉS CONTRE LES HORREURS DU ROI-LICHE.
LE PUITS SOLAIRE...

NOUS NE SAVONS PAS CE QUI S'EST PASSÉ, MAIS UNE ÉNORME EXPLOSION A DÉVASTÉ LA RÉGION.
AU LIEU D'ACQUÉRIR CE POUVOIR, L'ELFE RENÉGAT SEMBLE AVOIR SIMPLEMENT DÉTRUIT LE PUITS SOLAIRE...
...DU MOINS, C'EST CE QUE NOUS PENSIONS... JUSQU'À RÉCEMMENT...

IL SE CACHE QUELQUE PART PRÈS D'ICI ! ENCERCLEZ CETTE MAISON !
SES HABITANTS NOUS DIRONT OÙ IL SE CACHE...
...S'ILS VEULENT RESTER EN VIE !

CHAPITRE 2 La Poursuite

...DU MOINS, C'EST CE QUE NOUS PENSIONS... JUSQU'À RÉCEMMENT.

J'AI SENTI LES ÉMANATIONS TOUT PRÈS D'ICI. J'EN RECHERCHAIS LA SOURCE AU MOMENT OÙ J'AI ÉTÉ ATTAQUÉ...
JE NE SAIS PAS DU TOUT QUI M'A ATTAQUÉ. ILS DOIVENT RECHERCHER LA MÊME CHOSE QUE MOI.

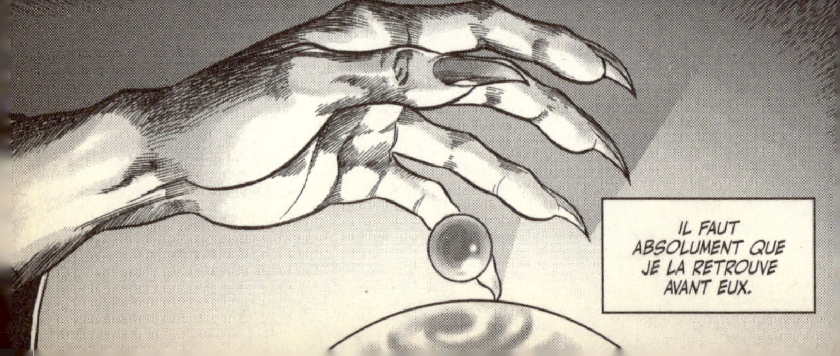
IL FAUT ABSOLUMENT QUE JE LA RETROUVE AVANT EUX.

KLAK KLAK KLAK
AAAH NON ! UNGGH... C'EST TROP TARD ! ILS SONT ICI !
SI JE FUYAIS, P...PEUT-ÊTRE QU'ILS ME SUIVRAIENT...
M... MAIS JE NE VOIS PAS D'AUTRE ISSUE...
TU PEUX DESCENDRE PAR LÀ ! JE VAIS T'AIDER !
JE NE ME SOUVIENS PAS...
SQUEEEEK
TANT PIS...

KRAK
ON NE BOUGE PAS ! L'IMBÉCILE QUI DÉSOBÉIT VA LE REGRETTER !
IL Y A UN DRAGON PAR ICI, ET JE SUIS SÛR QUE *QUELQU'UN* DANS CETTE MAISON SAIT OÙ IL SE CACHE !
CRASH

GRRR...
VOUS M'AVEZ ENTENDU ?!? UN DRAGON !! JE POURCHASSE UN DRAGON ! OÙ SE CACHE-T-IL ?

UN CHASSEUR DE DRAGON ! COMME C'EST IMPRESSIONNANT !
CE DOIT ÊTRE UN TRAVAIL ÉPUISANT ! VOUDRIEZ VOUS UN PETIT QUELQUE CHOSE À GRIGNOTER ?
OÙ - EST - CE - DRAGON ?
QU... QU'EST-CE QUE C'EST ?
UNNGH... UNNGH...
UN PASSAGE SECRET PARDI !
J... JE SUPPOSE QUE T... TU EN AS BESOIN, AVEC CE FLÉAU MORT-VIVANT QUI SE RAPPROCHE UN PEU PLUS CHAQUE JOUR.
OH, OUI... ÇA AUSSI !

ON EST ARRIVÉ...
OOMPH !
FRRSCH
FRRSCH

!!!
ALORS VERMINES, ON TENTE DE S'ÉCHAPPER ?
VILAIN ! VILAIN ! HARKYN A DEUX MOTS À VOUS DIRE...

S'IL VOUS RETROUVE EN VIE...
AAARGH !

AAAAAÏE !

FUIS, ANVEENA !
NON ! PAS SANS TOI !

OUILLLE !
AÏE !
EH ?
RUSTLE
HARKYN ! HARKYN ! VERS L'EST !
NON, JE NE VEUX PAS GRIGNOTER ! JE VEUX...
ALORS UNE TASSE DE THÉ ?
RAAAAH !

À L'EST ?! LE DRAGON EST À L'EST !
RECRACHE ÇA ET SUIS-MOI !
PTUU !
SURTOUT, N'HÉSITEZ PAS À REVENIR NOUS VOIR !
CLING CLING
ILS V...VONT NOUS TOMBER DESSUS ! ANVEENA ! CE N'EST PAS TON PROBLÈME...
CHHH... TOUT VA BIEN SE PASSER !

HFFF HFFF
HFFF
KRAK
KRAK
GRUNT!

UNGH !
JE NE PEUX PAS CONTINUER COMME ÇA...
IL FAUT QUE J'ESSAIE QUELQUE CHOSE !

RECULE ANVEENA !
AAAARGH !
TZZZZZZZ

AAAAAH !
KALEC !
UNGH... UNGH...
RRRRR...
TZZZZZZ

RRRRARRRGH!!

LE DRAGON BLEU !!!
FAIS-MOI CONFIANCE...
SHOOOSH

DANS LE CIEL !
REDESCENDS, MAUDIT DRAGON !
THWAM
RRRAUGH !
BWAM
BWAM
AIEEE !

FEU !!!
UNGH...
KALEC ! ÇA VA ?
N... NON... JE... JE DOIS DE NOUVEAU ATTERRIR !

AC... ACCROCHE-TOI BIEN !

KRAK
CRASH
KALEC ! LE LAC !
J... JE NE PEUX PAS M'ARRÊTER !

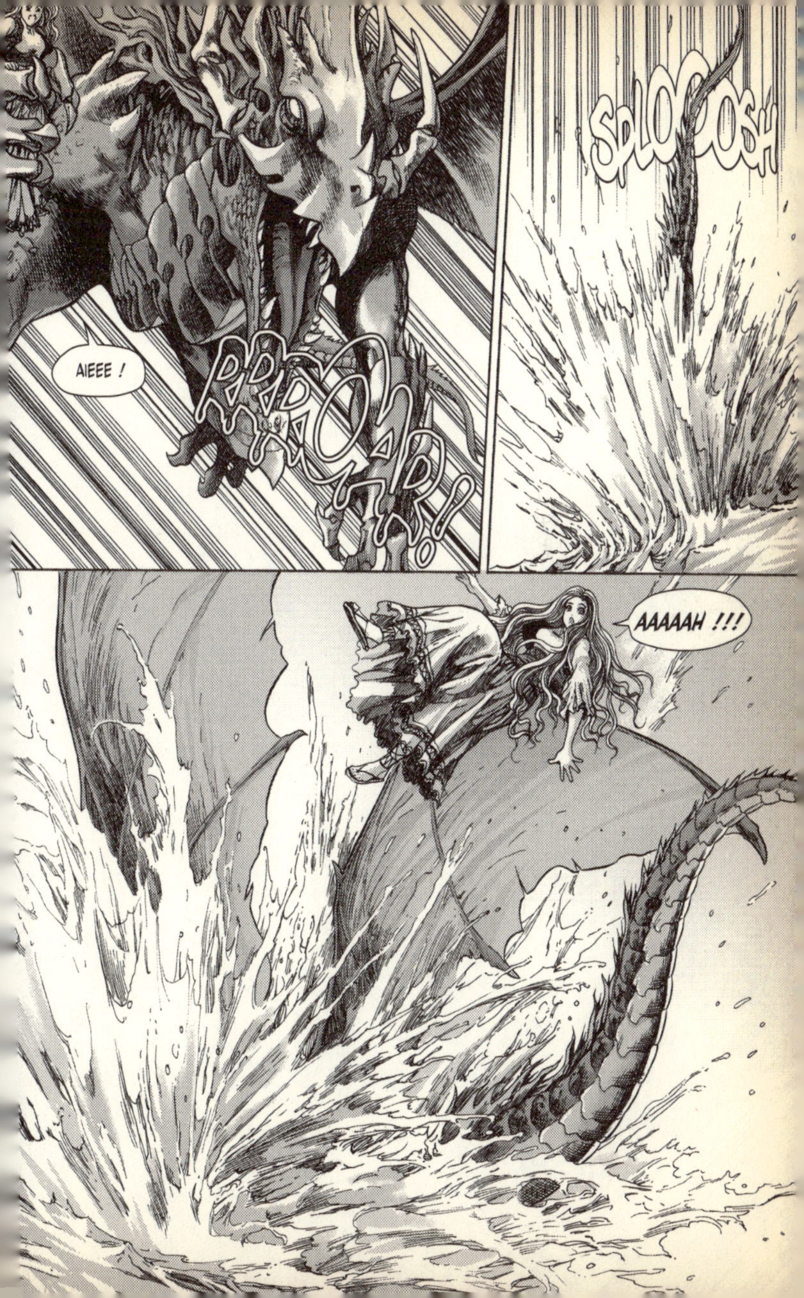
AIEEE !
AAAAAH !!!

TOI *TOUCHÉ* DRAGON ?
J'SAIS PAS ! MAIS JE CROIS QUE JE L'AI BIEN SECOUÉ !

IL A DISPARU DERRIÈRE CES ARBRES ! IL Y A UN LAC LÀ-BAS !
JE CROIS AVOIR ENTENDU UN PLOUF, MAIS...

EH ?
?!?
WOOOSH

MAIS QU'EST-CE QUE C'ÉTAIT QUE CE FICHU... LA BOULE DE CRISTAL ! ELLE INDIQUE LE NORD MAINTENANT !
MAIS LE LAC...

C'EST LE DRAGON QUI EST PASSÉ AU DESSUS DE NOS TÊTES ! LA BOULE DE CRISTAL NE NOUS A JAMAIS TROMPÉS ! ALLEZ, VERS LE NORD !
C'EST PLUS LOGIQUE QU'UN LAC !

UNNNH...

POURQUOI LE BLEU SERAIT-IL DANS UN LAC ? POUR NAGER PEUT-ÊTRE ?
K... KALEC ?

CHAPITRE 3
DAR'KHAN

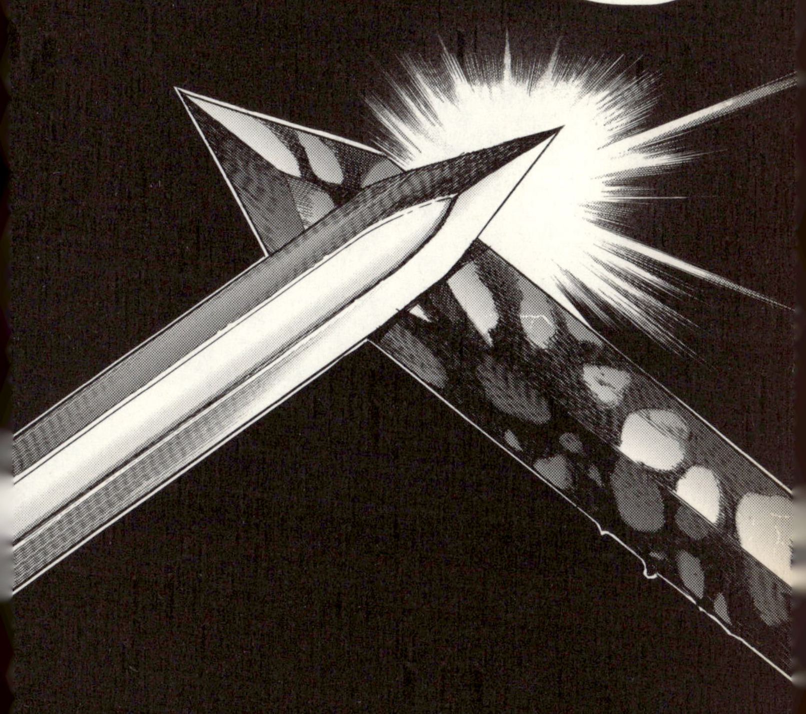

RRAAUGH !
SLASSH

URRR
URRR

TU CONTINUES
À LUTTER,
MAIS POURQUOI
JORAD MACE ?
CLANK
URRR
ARRIÈRE !
MAUDIT !
UNGH !
TU M'AVAIS JURÉ
FIDÉLITÉ À VIE...

...DÉSORMAIS, JE VEUX
AUSSI QUE TU ME SERVES
DANS LA MORT.
URRR

QUEL MEILLEUR HONNEUR POURRAIS-TU DEMANDER...
...QUE DE ME SERVIR *POUR TOUJOURS*...
NON ARTHAS, *NON* !
CLING
NON...

FRRSCH
FRRSCH
KALEC ?
FRRSC
KRAK
KALEC ?
OH... KALEC...

OH !
KALEC ! KALEC !
KALEC ! JE T'EN SUPPLIE, NE MEURS PAS !

UNNH... UNNH...
SPLOOOSH
MMMNN...
CHHH...
AN...ANVEENA ?

TU N'AURAIS PAS DÛ RESTER ICI.
JE NE POUVAIS PAS PARTIR SANS SAVOIR !
ILS AURAIENT PU TE TROUVER !
NOUS AVONS DE LA CHANCE ! ILS DOIVENT PENSER QUE NOUS NOUS SOMMES NOYÉS !
CHOMP
POURQUOI NE ME SUIS-JE PAS NOYÉ ? JE NE COMPRENDS PAS...
COMMENT AI-JE PU À NOUVEAU REPRENDRE MA FORME HUMAINE ?!

YAAAAH...
ENFIN... C'EST BIEN AINSI ! GRÂCE À ÇA, J'AI PU REGAGNER LA RIVE !

SI J'AVAIS GARDÉ MA *FORME PREMIÈRE*, J'AURAIS PLONGÉ TROP PROFONDÉMENT ET JE ME SERAIS *NOYÉ*...
NE T'INQUIÈTE PLUS MAINTENANT. JE VEUX QUE TU TE REPOSES.

IL NE F... FAUT PAS... TU DOIS... RETOURNER CHEZ TES PARENTS...
OUI, DEMAIN. ALLEZ, DORS MAINTENANT.

ZZZZZ

Tweet
Tweet
FRRSCH
CE N... NE DEVRAIT PLUS ÊTRE TRÈS LONG. JE PEUX MARCHER LE RESTE DU CHEMIN.
À TA PLACE, JE N'Y PENSERAIS PAS !
TU EN AS BEAUCOUP TROP FAIT POUR MOI, ANVEENA !
TU DOIS RENTRER CHEZ TOI EN COURANT ! IL FAUT RASSURER TES P...

HFFF HFFF
NOOON !
AN... ANVEENA ! ATTENTION !
PÈRE ! MÈRE !
ANVEENA ! SOIS PRUDENTE !
HFFF, HFFF...

OH NOOOON !
SSSSSSS
M... MÈRE, PÈRE... OÙ SONT-ILS ?
CES MAUDITS MONSTRES... MAIS POURQUOI ?
EH ?
KRAAK

KRAAAAA!

AAAH !
KRAAAA !
FZZZAKKKK
KRAAAA !
SLAASSH

THUD
QU...
AAARGH !

FFFFFFFT
SCHLOOOP

KALEC ! OH, KALEC !
FLUUSH
!!!
ANVEENA ! DERRIÈRE TOI ! ATTENTION !

WOOOSH
NNNNNN !
HFFF... HFFF
NON !
J'ARRIVE ANVEENA...

KALEC ! DERRIÈRE TOI !
QUOI ?
KLAK
AAAUGH !
UNNNH...

CLIK
!!!
PLUS TU TE DÉBATTRAS, PLUS L'ANNEAU SE RESSERRERA, PETIT HUMAIN.
CELA ME FERAIT DE LA PEINE DE VOUS VOIR SOUFFRIR EN VAIN...

JE SUIS *DAR'KHAN,* UNE ÂME DOUCE PAR NATURE...
DONC VOUS DEVRIEZ SAVOIR QUE TOUS MES ACTES SONT DICTÉS PAR LA NÉCESSITÉ !
J'AI PERDU QUELQUE CHOSE, ET JE SUIS À SA RECHERCHE...

SI JE L'AI PERDU, CE N'EST PAS DE MA FAUTE...
OR JE ME SUIS LAISSÉ DIRE QUE VOUS, LES PETITS, EN SAVIEZ QUELQUE CHOSE.
MMMMM
BIEN QUE VOUS NE SOYEZ PAS DES ELFES, VOUS POUVEZ SÛREMENT M'AIDER, N'EST-CE PAS ?
UNNGH !
OHHH !

LES MIENS L'APPELAIENT LE PUITS SOLAIRE...

CHAPITRE 4
L'HERITAGE DU PUITS SOLAIRE

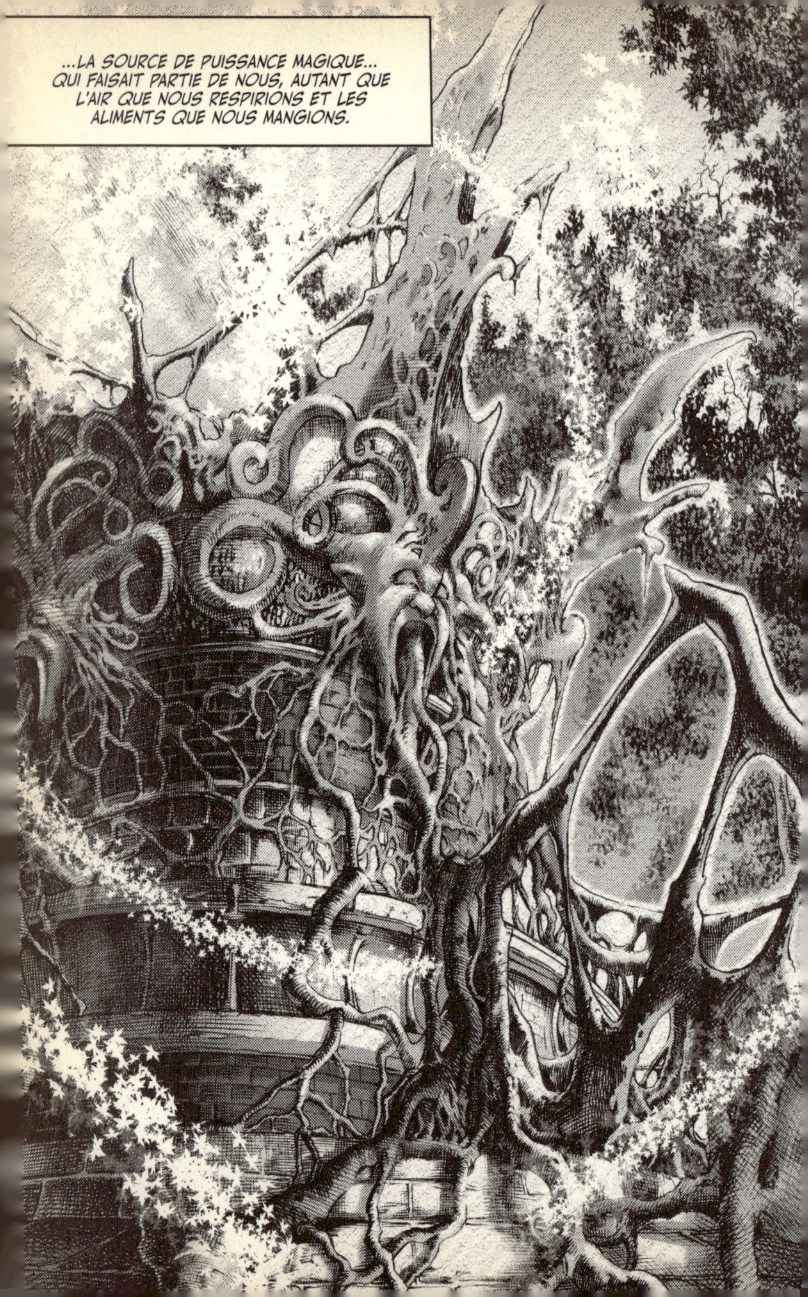
...LA SOURCE DE PUISSANCE MAGIQUE... QUI FAISAIT PARTIE DE NOUS, AUTANT QUE L'AIR QUE NOUS RESPIRIONS ET LES ALIMENTS QUE NOUS MANGIONS.

GRÂCE À ELLE, NOUS AVONS BÂTI NOS VILLES...
...FAÇONNÉ LA TERRE SELON NOS BESOINS...
...ET FABRIQUÉ TOUT CE QUE NOUS DÉSIRIONS.

MAIS MALGRÉ TOUTES LES SPLENDEURS AYANT VU LE JOUR GRÂCE AU PUITS SOLAIRE...
...LES EFFORTS QUE J'AVAIS PERSONNELLEMENT ACCOMPLIS NE M'ONT VALU AUCUNE RÉCOMPENSE.
ALORS J'AI COMMENCÉ À VOULOIR ME RÉCOMPENSER MOI-MÊME POUR MON ŒUVRE.
120

LES MIENS, ILS SONT OBTUS.
J'ÉTAIS CONTRAINT DE PRATIQUER LA MAGIE EN SECRET...
...ET DES SORTS, J'EN AI JETÉ...
CEPENDANT, JE N'APPRENAIS PAS ASSEZ VITE, ET J'OBTENAIS DE PIÈTRES RÉSULTATS...
...JUSQU'À CE QU'IL ME TROUVE.
LUI... MON VÉNÉRÉ SEIGNEUR ARTHAS !

IL CONNAISSAIT MON DÉSIR ET LE COMPRENAIT.
IL A GUIDÉ MA MAIN, MON ŒUVRE...
ET C'EST AINSI QUE J'AI APPRIS... MAIS CE N'ÉTAIT TOUJOURS PAS ASSEZ. J'AVAIS ATTEINT UNE LIMITE ET JE NE POUVAIS PUISER DAVANTAGE DE FORCE DANS LE PUITS SOLAIRE.
AUSSI LONGTEMPS QUE NOUS ÉTIONS NOMBREUX À PARTAGER CE POUVOIR, JE POUVAIS DIRE ADIEU À LA GLOIRE !
ALORS, AVEC L'AIDE DE MON VÉNÉRÉ SEIGNEUR, J'AI CHERCHÉ À M'EMPARER DU PUITS SOLAIRE DE QUEL'THALAS.

LES LÉGIONS GLORIEUSES D'ARTHAS ONT, AVEC MON AIDE, ATTAQUÉ QUEL'THALAS ET PERCÉ SES DÉFENSES LÉGENDAIRES.
ENTRE TEMPS, IL M'ENSEIGNA LE POUVOIR DE LIER ET DE DÉLIER...
...ET ME DONNA UNE VOLONTÉ D'ACIER POUR METTRE MON PLAN À EXÉCUTION.
JE DÉPLORE CETTE VIOLENCE...
...MAIS VOUS COMPRENEZ, LES PLUS BELLES ŒUVRES EXIGENT PARFOIS DES SACRIFICES.

BIEN SÛR, MON PEUPLE N'AVAIT RIEN VU DE TOUT CELA.
DE TOUTE FAÇON, ILS N'AVAIENT PLUS LE CHOIX.
LE PUITS SOLAIRE ÉTAIT À NOUS...

JE SENTAIS QUE MON VÉNÉRÉ SEIGNEUR ARTHAS M'ENCOURAGEAIT !
JE SENTAIS MÊME QU'IL UTILISAIT SA PROPRE MAGIE POUR FAIRE JAILLIR LA SOURCE DE POUVOIR DU PUITS SOLAIRE...
...CE FAISANT, IL M'AIDAIT BIEN SÛR À EN ABSORBER LA TOUTE PUISSANCE.

MAIS... IL EN FUT CERTAINS QUI REFUSÈRENT DE M'OCTROYER MON DÛ !
ILS OSÈRENT JETER LEURS PROPRES SORTS AU BEAU MILIEU DE MA GLOIRE !
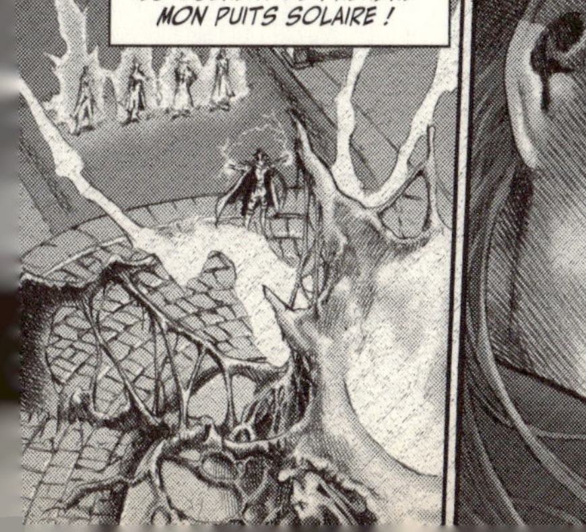
ILS OSÈRENT ME PRENDRE MON PUITS SOLAIRE !

JE LES AI COMBATTUS, AVEC L'AIDE TOUTE PUISSANTE DE MON VÉNÉRÉ SEIGNEUR...

...C'EST ALORS QU'UNE
CHOSE EFFROYABLE S'EST
PRODUITE.

LE POUVOIR DU PUITS ME FUT ARRACHÉ ET UNE TERRIBLE EXPLOSION DÉVASTA LES QUELQUES CONTRÉES QUE LE FLÉAU AVAIT ÉPARGNÉES...
MAIS JE N'EN AVAIS CURE. JE M'ÉTAIS COUVERT DE HONTE DEVANT MON VÉNÉRÉ SEIGNEUR.
MALGRÉ CELA, IL ME SAUVA, ET ME FIT TRAVERSER LE CONTINENT...
...AVEC POUR MISSION DE RECHERCHER LA SOURCE MAGIQUE DISPARUE DU PUITS SOLAIRE !
APRÈS AVOIR CHERCHÉ SI LONG-TEMPS... JE LA SENS MAINTENANT TOUTE PROCHE...

JE VEUX SEULEMENT QUE VOUS ME DISIEZ OÙ ELLE SE TROUVE.
ET APRÈS ? VOUS ALLEZ NOUS *LIBÉRER* ?
NON, POURQUOI ÇA !
MAIS JE VOUS PROMETS UNE MORT MOINS DOULOUREUSE...
OH !

SI TU
LUI FAIS DU
MAL...

UNNGH !
KALEC !
KALEC !
MA
CHÈRE PETITE, COMMENT
IMAGINES-TU
POUVOIR...
HMM ?
ARRÊTEZ ÇA,
JE NE VOUS LAISSERAI
PAS FAIRE !

RRRROAR!!
WOOOSH

FWOOSH

KY
IBRI INOCH
TODT...
SNATCH

VEROT !
KRAK!
RRRAUGH!!!

AAAARGH!

FWOOSH

NON !
FUYONS ! FUYONS !
RRRRR
OOMPH !
SLAASS

RHAAAH...

FWOOOM

POUAHHH !

ANVEENA ?

SNIF
SCRAPE
SCRAPE

TOUT VA BIEN KALECGOS?
QU... QU'EST-CE QUE *TU* FAIS ICI, ***TRYGOSA ?*** IL ME SEMBLAIT QUE MALYGOS NE T'AVAIT PAS ENVOYÉ...

J'AVAIS PEUR POUR TOI, ET J'AVAIS RAISON D'AVOIR PEUR.
JE N'AI FAIT QUE MON DEVOIR.

APRÈS TOUT, IL FAUT BIEN QUE JE PROTÈGE MON FUTUR COMPAGNON.

CHAPITRE 5 TARREN MILL

QU'EST-CE QUE TU ATTENDS KALECGOS ?

ON N'A
PLUS RIEN À
FAIRE ICI.
IL EST HORS
DE QUESTION
QUE JE *L'ABAN-
DONNE.*

CE SERAIT
CRUEL !

ELLE N'EST PAS DES NÔTRES. SES ENNUIS NE NOUS CONCERNENT PAS.
ELLE M'A SAUVÉ LA VIE ET A PERDU SA FAMILLE À CAUSE DE MOI !

ET PUIS, JE N'ARRIVE PAS À RETIRER CET ANNEAU, ET TOI NON PLUS !
IL NOUS FAUT ABSOLUMENT TROUVER QUEL-QU'UN QUI PUISSE NOUS L'EN-LEVER !
TU T'INQUIÈTES POUR RIEN. MALYGOS DEVRAIT EN ÊTRE CAPABLE.
MAIS IL NE PERMETTRA PAS À UN HUMAIN DE PÉNÉTRER NOTRE ROYAUME.

NON ! NOUS TROUVERONS QUELQU'UN D'AUTRE POUR ENLEVER CET ANNEAU !
JE NE PEUX PAS LA LAISSER TOUTE SEULE COMME ÇA.
C'EST UN *HUMAIN.* ELLE PEUT SURVIVRE.

OH !
KRAK
KRAK
KRAK

RAAAAC !
FWOOP
FWOOP
!!!
RAAAAC !
KALECGOS !
QU'EST-CE QUE
C'EST QUE ÇA !
JE NE
SAIS PAS...

RAAC !
JE N'AI JAMAIS RIEN VU DE PAREIL !
HM... IL SE TROUVAIT SOUS LA MAISON...

HI ! HI !
OH !
RAAC !
ET L'ELFE DISAIT QU'IL SENTAIT L'ÉNERGIE DU PUITS SOLAIRE PRÈS D'ICI...
TU NE VEUX QUAND MÊME PAS DIRE QUE CETTE *CHOSE*...

JE NE SAIS PAS... ANVEENA...
KALEC ? JE SUIS DÉSOLÉE. JE SAIS PLUS OÙ J'EN SUIS...
ANVEENA... TA FAMILLE... JE SUIS VRAIMENT...
NE... NE T'EN FAIS PAS KALEC. TU NE POUVAIS RIEN Y FAIRE.
PARDONNE-MOI CETTE QUESTION... MAIS SAIS-TU QUELQUE CHOSE DE LEUR PASSÉ ?
NOUS AVONS TOUJOURS VÉCU ICI... MAIS ILS CONNAISSAIENT QUELQU'UN À TARREN MILL, JE CROIS.
QUI ?

JE NE L'AI JAMAIS RENCONTRÉ, MAIS ILS EN PARLAIENT BEAUCOUP. IL S'APPELLAIT BOREL.
APPAREMMENT, IL SAVAIT BEAUCOUP DE CHOSES...
BOREL ? IL POURRA PEUT-ÊTRE NOUS AIDER. TARREN MILL N'EST PAS LOIN D'ICI...
C'EST ABSURDE ! AINSI, NOUS SOMMES CENSÉS NOUS RENDRE DANS UNE VILLE HUMAINE ET RECHERCHER UNE PERSONNE QU'ELLE N'A JAMAIS VUE ?
LAISSE-LA Y ALLER SEULE ! LA MARCHE LUI FERA DU BIEN.

NOUS Y ALLONS AVEC ELLE TYRI... ÇA N'A PAS L'AIR BIEN LOIN.
ENSUITE, NOUS RETOURNERONS NOUS METTRE EN SÉCURITÉ.

BON, *DANS CE CAS...*
...MONTEZ ET PRENEZ PLACE ! PARTONS D'ICI !

ATTENDS ! NOUS N'EMPORTONS PAS CETTE CHOSE AVEC NOUS, N'EST-CE PAS ?
CE N'EST *PAS UNE CHOSE !* IL S'APPELLE *RAAC* ET IL EST MON AMI !
BEN VOYONS, RAAC ! COMME C'EST ORIGINAL ! ET SI TU TROUVES UN CHIEN SUR LA ROUTE, TU L'APPELLERAS WHOUAF-WHOUAF ?
TYRI, S'IL TE PLAÎT, *POUR MOI...*
BON, ÇA VA...

TENEZ BON !
WOOOSH

TU PRENDS TOUT CELA AVEC BEAUCOUP DE COURAGE ANVEENA ! TU ES FORTE COMME CEUX DE NOTRE RACE !
SIMPLEMENT JE... IL ME SEMBLE QUE C'EST LA MEILLEURE CHOSE À FAIRE.
ET PUIS *RAAC*... JE NE SAURAIS L'EXPLIQUER, MAIS QUAND JE LE TIENS, JE ME SENS DAVANTAGE *EN SÉCURITÉ*... DAVANTAGE *PROTÉGÉE*.
HMMM...

CETTE FUMÉE LÀ-BAS ! CE DOIT ÊTRE TARREN MILL !
HMMPH ! BIEN !

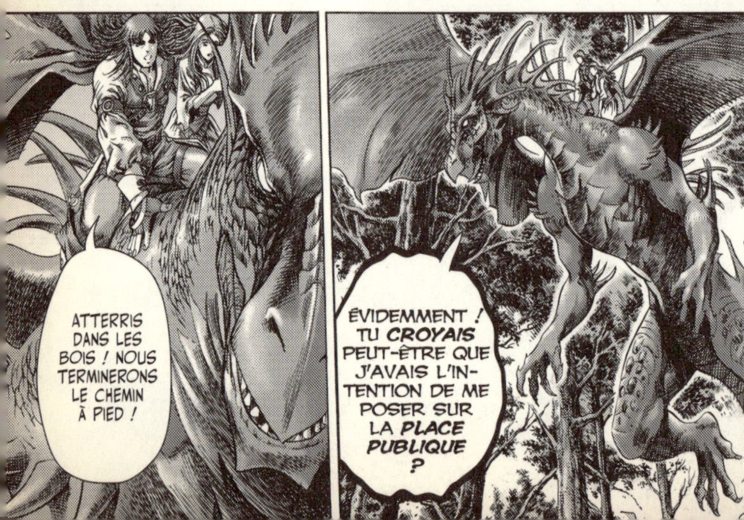
ATTERRIS DANS LES BOIS ! NOUS TERMINERONS LE CHEMIN À PIED !
ÉVIDEMMENT ! TU CROYAIS PEUT-ÊTRE QUE J'AVAIS L'INTENTION DE ME POSER SUR LA PLACE PUBLIQUE ?

AH !

JE N'AI JAMAIS VU AUTANT DE GENS ! C'EST EXTRAORDINAIRE !
EXTRAORDINAIRE ? CE TROU PERDU ?
DING
CLING

ILS NE DOIVENT PAS EN RENCONTRER TOUS LES JOURS DES ELFES. ON EST FACILE À REPÉRER !
JE NE VAIS TOUT DE MÊME PAS ME RABAISSER EN PRENANT UNE FORME HUMAINE. AU MOINS, LES ELFES SONT ATTRAYANTS, EUX...
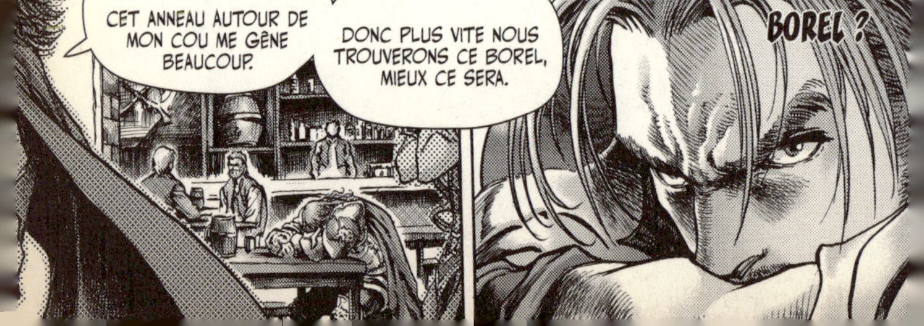
CET ANNEAU AUTOUR DE MON COU ME GÊNE BEAUCOUP.
DONC PLUS VITE NOUS TROUVERONS CE BOREL, MIEUX CE SERA.
BOREL ?

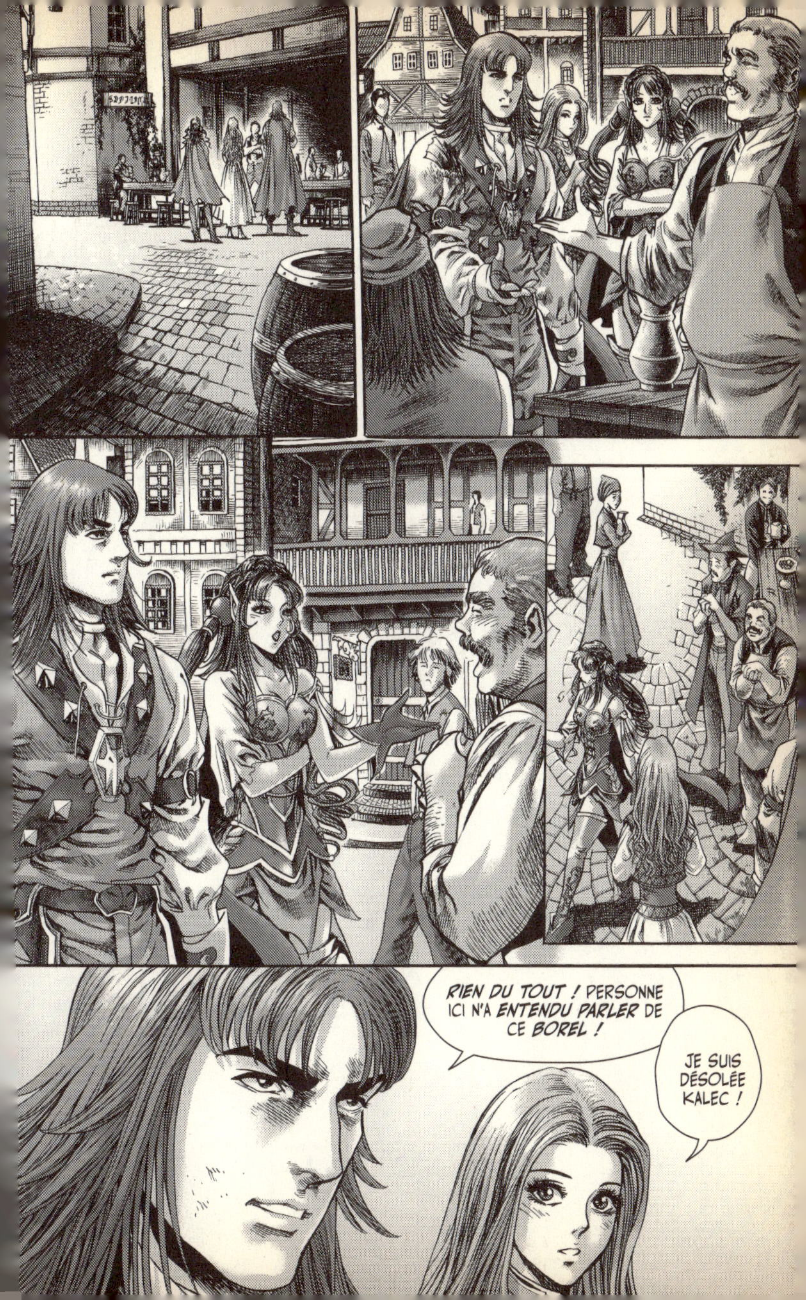
RIEN DU TOUT ! PERSONNE ICI N'A ENTENDU PARLER DE CE BOREL !
JE SUIS DÉSOLÉE KALEC !

CE... CE N'EST PAS GR... GRAVE, TU NE P... POUVAIS PAS...
KALEC !
J'EN ÉTAIS SURE ! IL A ÉPUISÉ SES FORCES... POUR TOI ! IL A BESOIN DE REPOS MAIN-TENANT !
MAIS NOUS N'AVONS PAS D'ARGENT...

L'ARGENT ? CE N'EST QU'UN SOUCI MINEUR ET TRIVIAL !
HÔTEL
ET, COMME C'EST APPAREM-MENT LE SEUL HÔTEL ICI, NOUS DEVRONS NOUS EN CONTEN-TER.

MMM... ANVEENA ? TOUTES M... MES EXCUSES... J'AI TROP...

SALUT MON LASCAR...
NE M'OBLIGE PAS À TIRER. À CETTE DISTANCE, JE NE PEUX PAS TE RATER !
ALLEZ, DEBOUT ! MA BOULE DE CRISTAL ME DIT QUE MON DRAGON N'EST PAS LOIN... ET JE SENS QU'IL EST *TOUT PRÈS* D'ICI.

J'AI UNE *THÉORIE*, MON LASCAR... ET ELLE DIT QUE TOI ET CES FILLES...
KALEC ?
FUIS, ANVEENA !
CREAK
OH !
RAAAC !
OUILLE !

KALECGOS !
QUOI ?
THWOOP
HA !
HÉ ! HÉ!
LA MAGIE NE TE SERA D'AUCUNE UTILITÉ, BIQUETTE. CE FILET EST INDESTRUCTIBLE.

L'AUTRE FILLE EST PARTIE, MAIS ÇA N'A AUCUNE IMPORTANCE. CE SONT CES DEUX-LÀ QUI NOUS INTÉRESSENT.
N... NOUS NE SAVONS PAS OÙ EST VOTRE DRAGON !

MOI JE PENSE QUE SI ! J'AI ENTENDU DIRE QUE LES DRAGONS POUVAIENT CHANGER DE FORME...
ET MA BOULE DE CRISTAL N'A JAMAIS AUTANT BRILLÉ QUE MAINTENANT... PRÈS DE TOI !
MAIS JE ME POSE UNE DERNIÈRE QUESTION : EST-CE SEULEMENT L'UN D'ENTRE VOUS OU BIEN ÊTES-VOUS TOUS LES DEUX...
QU'EST-CE QUI SE PASSE ENCORE...
PAR GRIM BATOL !
EEEK !
YAAAH !

RAAC !
IL FAUT QUE JE RETOURNE LES SAUVER.
MADEMOISELLE, VOUS N'ALLEZ PAS RETOURNER À TARREN MILL !
QUI ÊTES-VOUS ? QUE VOULEZ-VOUS DIRE ?
VOUS AVEZ DE LA CHANCE. ILS N'ONT PAS DÛ VOUS APERCEVOIR EN ENTRANT DANS LA VILLE.
QUI DONC ? VOUS VOULEZ DIRE LE NAIN ET SES CHASSEURS ?
SI CE N'ÉTAIT QUE CELA, MADEMOISELLE...
NON, ILS SONT BIEN PLUS DANGEREUX QU'UNE SIMPLE BANDE DE BRIGANDS.

TARREN MILL VIENT D'ÊTRE ATTAQUÉE PAR LE FLÉAU MORT-VIVANT !

CHAPITRE 6

LUTTE CONTRE LE FLEAU

LE *FLÉAU* ! ILS ONT DÛ NOUS SUIVRE JUSQU'ICI !

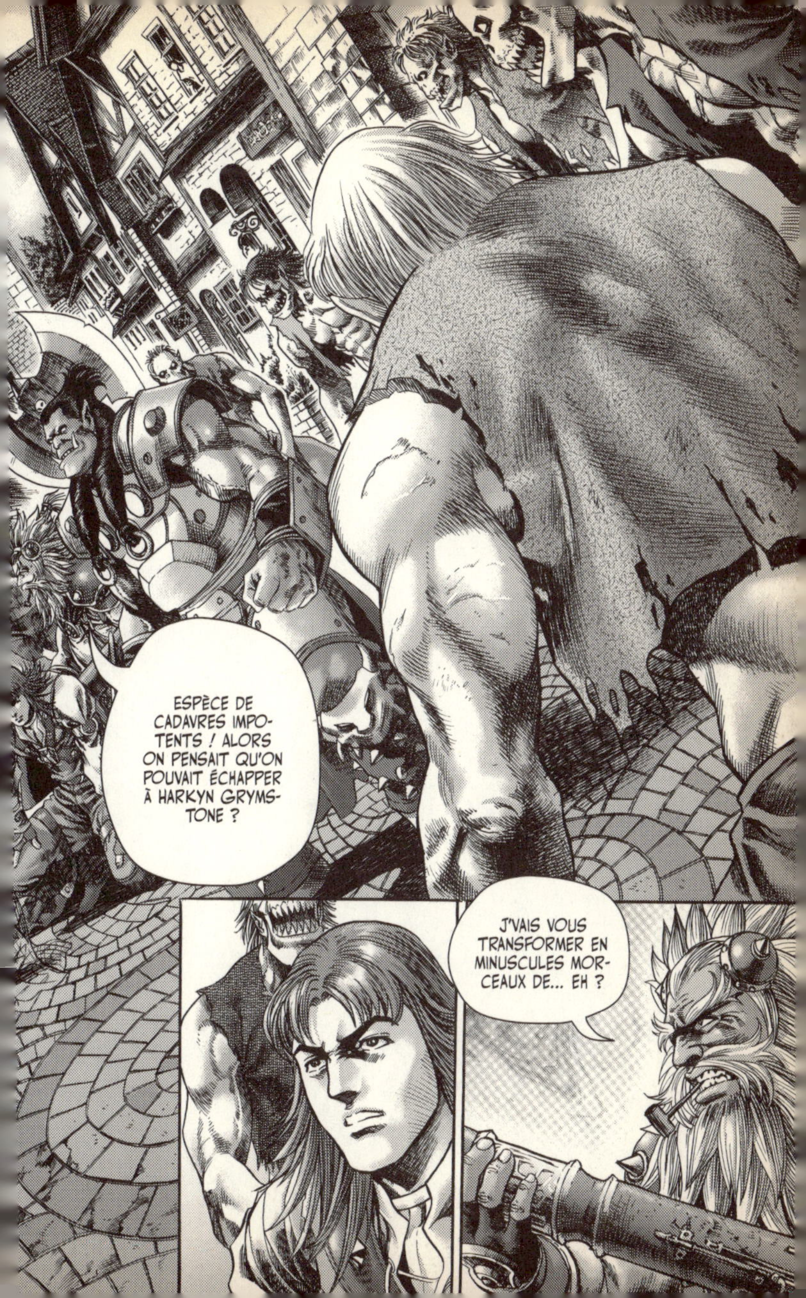
ESPÈCE DE CADAVRES IMPOTENTS ! ALORS ON PENSAIT QU'ON POUVAIT ÉCHAPPER À HARKYN GRYMSTONE ?
J'VAIS VOUS TRANSFORMER EN MINUSCULES MORCEAUX DE... EH ?

MON INDEX ! MON CORPS ! JE NE PEUX PLUS BOUGER !

UNGH !
ÉPARGNE-TOI DONC DES EFFORTS INUTILES !

VRAIMENT, MÊME POUR UN NAIN, TU ES TÊTU. ET DÉCEVANT, EN PLUS.

RRRRR

DÉCEVANT ?
TOUT CE QUE TU AVAIS À FAIRE ÉTAIT D'ÉLOIGNER LES DRAGONS...

MES AMIS ! JE DOIS VENIR EN AIDE À MES AMIS !
C'EST TROP DANGEREUX LÀ-BAS, MADE-MOISELLE...
ET PUIS, NE VOULIEZ-VOUS PAS TROUVER BOREL ?
QUE SAVEZ-VOUS DE LUI ?
VIENS AVEC MOI ET TU VERRAS...
NON !
MADE-MOISELLE !

N'Y ALLEZ SURTOUT PAS ! VOUS Y TROUVEREZ LA *MORT* ET *PIRE* ENCORE !
ÇA M'EST ÉGAL !
BON SANG !
RIEN NE VAUT ÇA...

MON PATRON ÉTAIT UN HUMAIN ! UN ANCIEN PRINCE DE LORDAERON QUI...
AH ! UNE SIMPLE ILLUSION, C'EST PLUS QUE SUFFISANT POUR CONVAINCRE UN *NAIN* !
QUAND J'AI SENTI, POUR LA PREMIÈRE FOIS, QUE LA PUISSANCE DU PUITS SOLAIRE ÉTAIT PROCHE, ALORS J'AI COMPRIS QU'ELLE N'AVAIT PAS ÉTÉ PERDUE.
J'EN AI DONC INFORMÉ MON VÉNÉRÉ SEIGNEUR ARTHAS... ET IL M'A RAPPELÉ QU'EN DÉPIT DU PROBABLE DÉSARROI DES MAGICIENS DE DALARAN...
...LES DRAGONS SERAIENT ATTIRÉS PAR LE PUITS SOLAIRE COMME DES FOURMIS PAR LE SUCRE.

CE SONT DES CRÉATURES DÉTENTRICES DE POUVOIRS MAGIQUES, VOUS COMPRENEZ. ON POURRAIT MÊME DIRE QU'ILS EN SONT LES GARDIENS.
LES *DRAGONS BLEUS*, EN PARTICULIER.

TU ES UN *IMBÉCILE*, DAR'KHAN ! ARTHAS NE TE LAISSERA JAMAIS CONTRÔLER LONGTEMPS LE POUVOIR DU PUITS SOLAIRE.
QUAND TU L'AURAS TROUVÉ, IL ENVERRA KEL'THUZAD TE LE PRENDRE !
C'EST LA SEULE RAISON L'AYANT POUSSÉ À T'ENVOYER À SA RECHERCHE.

ASSEZ ABOYÉ ! SI VOUS NE ME DONNEZ PAS CE QUE JE VEUX, ALORS JE N'AI PLUS BESOIN DE VOUS... VRAIMENT DÉSOLÉ.
LE NAIN ! TU VEUX TOUJOURS TUER UN DRAGON... N'IMPORTE QUEL DRAGON ? ALORS JE TE DONNE CES DEUX-LÀ.
TU T'ES SERVI DE MOI ! TU AS UTILISÉ MA HAINE...
LA HAINE EST UN INSTRUMENT MERVEILLEUX AVEC LEQUEL ON JOUE AISÉMENT...
TUE LA FEMME EN PREMIER. ÇA VA PEUT-ÊTRE LUI RAFRAÎCHIR LA MÉMOIRE.
NON ! JE VOUS EN SUPPLIE ! NON !

JE VOUS EN SUPPLIE, JE... JE NE SAIS PAS CE QUE VOUS RECHERCHEZ, MAIS JE VOUS AIDERAI SI JE LE PEUX... MAIS NE LEUR FAITES PAS DE MAL !
RAAC !
HMM...
LA FILLE DE LA MAISON DANS LA FORÊT... ET CETTE CHOSE... NOTRE TRACE LES A AMENÉES ICI...

EST-CE DIABLE POSSIBLE ?
OUI ! JE SENS LE POUVOIR DU PUITS SOLAIRE AUTOUR DE TOI !
CETTE BÊTE ! C'EST ELLE QUE JE RECHERCHE ! ELLE DOIT RECÉLER L'ESSENCE DU PUITS !
RAAC ?
RAAC ?

DONNE-MOI CETTE CRÉATURE, MA PETITE, ET JE TE PROMETS QUE TOI ET TES AMIS N'AUREZ PLUS D'ENNUIS.
TU N'AURAS PLUS JAMAIS RIEN À CRAINDRE.
PARDONNE-MOI RAAC...
RAAC?
C'EST ÇA... VIENS À MOI ! SOIS ENFIN MIENNE !

NON, ANVEENA ! NE LUI DONNE SURTOUT PAS !
LE NAIN, FAIS-LE TAIRE !

JE VAIS LE...
YAAAAH !
URRR
HAH !
SLAASSH
THWUK
QUI OSE ?
UMMPH !

IMBÉCILE.
FSSSSST
RAAAC !
RHAAAH...
RESTE TRANQUILLE !
TUE LE ! TUE LES TOUS !
FWOOOM

AAAARGH !
FWOOOM
CE N'EST PAS UN ELFE PÂLICHON QUI SE SERVIRA D'HARKYN GRYMSTONE COMME PANTIN !
CETTE FOIS, ON TRAVAILLE POUR NOTRE COMPTE LES GARS ! AMUSEZ-VOUS AVEC CES TAS D'OS !
RRRARRR !
CRASH
URRR
HA !
SCHLOOOP

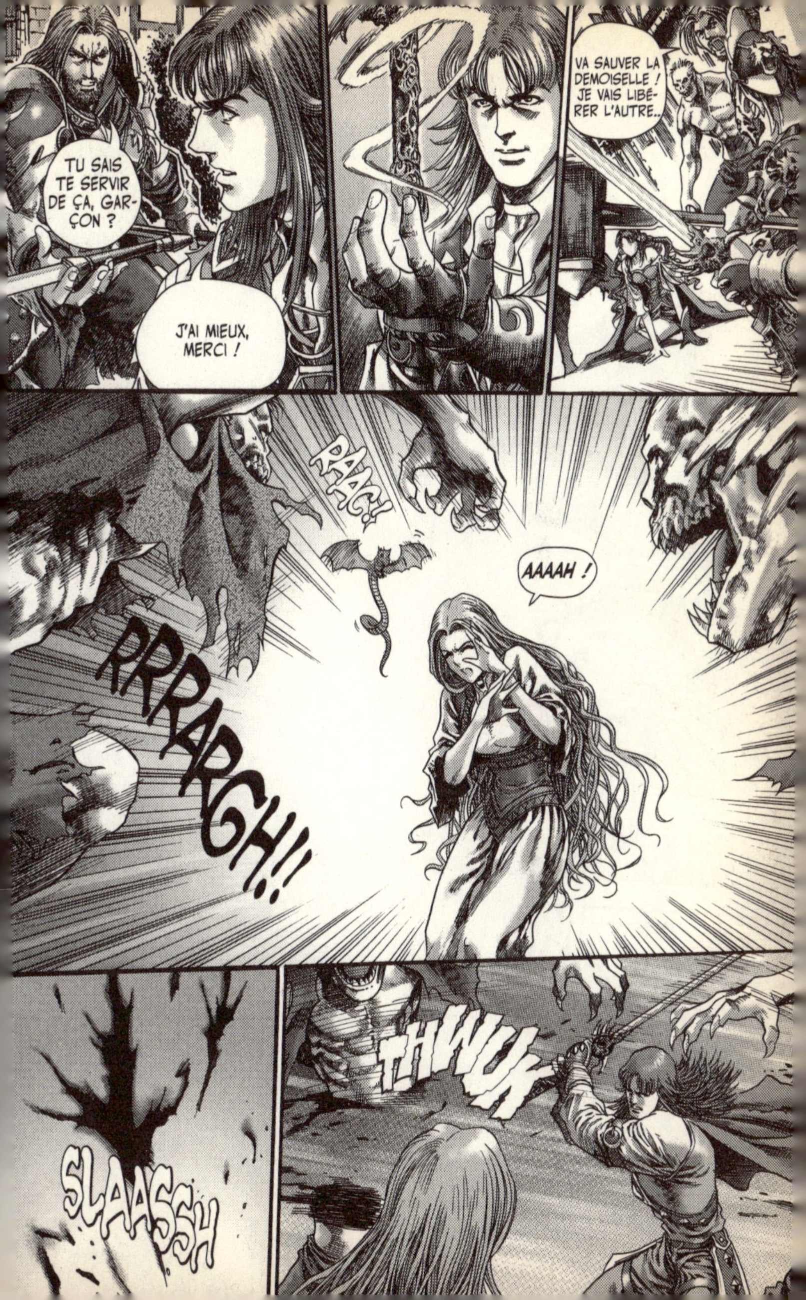
TU SAIS TE SERVIR DE ÇA, GARÇON ?
J'AI MIEUX, MERCI !
VA SAUVER LA DEMOISELLE ! JE VAIS LIBÉRER L'AUTRE..
RAAC!!
AAAAH !
RRRARGH!!!
SLAASSH
THWUK

HNNH... HNNH
AHAHAH...
IMBÉCILE DE NAIN, JE SUIS UN SERVITEUR DU *ROI LICHE* ! JE SUIS *PLUS* QU'UN SIMPLE MORTEL !

JE... JE N'ARRIVE PLUS À RES...PIRER...
ATTENTION ! ÉLOIGNE-TOI !
ATTENTION À TOI !

SWOOOSH
RAAAAC !
AUGH !
FWOOSH
AAAARGH !

THWAM
THUD
SCHLOOOP
RRRRR

EN RESTE-T-IL ENCORE ? ET L'ELFE ?

JE PENSE QUE TU N'AS PLUS BEAUCOUP À CRAINDRE DE LUI.

LE LENDEMAIN MATIN...
C'EST CE QUE JE CRAIGNAIS. L'ELFE ÉTAIT LE SEUL À SAVOIR COMMENT RETI-RER CET ANNEAU.
JE SUIS DÉSOLÉE KALECGOS.
MAIS TU PEUX DEMANDER À TON MAÎTRE, MALYGOS, DE TE L'ENLEVER.
ON N'A PAS EU LE CHOIX.

PAS AVANT QUE L'ON RETIRE CELUI D'ANVEENA. JE NE VAIS PAS LA LAISSER AVEC ÇA.
ET NOUS DEVONS AUSSI TROUVER CE BOREL. IL SAURA PEUT-ÊTRE NOUS DIRE CE QUI SE PASSE.

JE CROIS SAVOIR OÙ LE TROUVER.
VRAIMENT ?
OUI. JE L'AI RENCONTRÉ DEUX FOIS ICI. C'EST UN VIEILLARD BARBU QUI A L'AIR D'UN MAGICIEN.
IL A MÊME MENTIONNÉ CE PUITS SOLAIRE DONT L'ELFE PARLAIT.
MAIS POUR QUELLES RAISONS NOUS VIENDRIEZ-VOUS EN AIDE ?
OUI... POURQUOI ? QUI ÊTES-VOUS ?
J'ÉTAIS UN PALADIN JADIS. J'AVAIS JURÉ DE PROTÉGER LORDAERON, MAIS J'AI ÉCHOUÉ. C'EST PEUT-ÊTRE LE SEUL MOYEN POUR MOI DE SAUVER CE QU'IL RESTE.
SI LE ROI LICHE S'EMPARE DU PUITS SOLAIRE, RIEN NI PERSONNE NE POURRA L'ARRÊTER.

ALORS... OÙ PENSES-TU QUE NOUS POUVONS TROUVER BOREL ?
IL M'AVAIT PARLÉ D'UN ENDROIT NON LOIN DU PIC D'AERIE. JE PENSE QU'IL FAUT ALLER LÀ-BAS.
QUELQU'UN A-T-IL DIT QU'IL ALLAIT AU PIC D'AERIE ?
LES GARS, J'AI UNE DETTE ENVERS VOUS ET JE VOUS DOIS DES EXCUSES. JE ME SUIS LAISSÉ EMPORTER PAR MON DÉSIR DE VENGEANCE POUR LE COMPTE D'UN SERVITEUR DU MAL.
J'AI UN COUSIN QUI S'APPELLE LOGGI. IL HABITE PRÈS DU PIC D'AERIE. CET ANNEAU RESSEMBLE FORT À DE L'ARTISANAT NAIN. JE CROIS QU'IL POURRA VOUS L'ENLEVER.

DONC NOUS POUVONS RÉSOUDRE LES DEUX PROBLÈMES EN MÊME TEMPS... SI TU ES D'ACCORD POUR NOUS EMMENER TOUS LES TROIS, TYRI ?
POUR TOI, OUI, KALECGOS !

ALORS C'EST DÉCIDÉ. DEMAIN, NOUS NOUS METTRONS EN ROUTE POUR LE *PIC D'AERIE*...

...ESPÉRONS QUE NOUS Y TROUVERONS LA FIN DE NOS ENNUIS...

À SUIVRE DANS

Tome 2

LES OMBRES DE GLACE

L'aventure redouble d'intensité sur les terres arides et glaciales qui forment le chemin de Kalec, d'Anveena, de Tyri et de Jorad vers le Pic d'Aerie.

Partis à la recherche d'un nain appelé Loggi, ils font de nombreuses découvertes.

Effrayantes et fabuleuses à la fois, de nouvelles créatures du monde de Warcraft y font leur apparition. Le mystère de Raac s'approfondit et les dragons affrontent un terrible ennemi de glace !

Pour patienter avant la sortie du Tome 2, nous vous invitons à consulter notre site http ://www.soleil-lesite.com
Cela vous donnera un avant-goût de ce qui vous attend !

Les créateurs

Outre son œuvre liée à *Warcraft* (*Le Puits Solaire* et *Ragnarok*, également édité chez Tokyopop), Richard A. Knaak, journaliste au New York Times, est un auteur best-seller de fantasy qui compte à son actif 27 romans et plus d'une dizaine d'autres titres, dont *La légende de Huma* et *Night of Blood* pour Lance Dragon et *La Guerre des Anciens* pour Warcraft. Il a également écrit la série populaire des Dragonrealm ainsi que plusieurs titres indépendants.
Ses œuvres ont été traduites dans plusieurs langues, dont récemment le russe, le turc, le bulgare, le chinois, le tchèque, l'allemand et l'espagnol. Il travaille actuellement sur la trilogie *Le Puits Solaire* et le troisième tome de la Guerre des Anciens, *the Sundering* (la Fracture) pour Warcraft, et sur *Empire of Blood*, le dernier tome de sa trilogie épique Lance Dragon, *The Minotaur Wars.*

À venir ultérieurement : un troisième roman pour la série Diablo ainsi que la trilogie *Aquilonia*, inspirée de l'univers de Robert E. Howard. Son dernier titre, *Tides of Blood*, la suite de *Night*, vient d'être publié par Wizards of the Coast.

Pour en savoir plus sur les projets de Richard Knaak ou pour vous inscrire à la newsletter, consultez le site :
http://www.sff.net/people/knaak

Jae-Hwan Kim est né en Corée en 1971. Illustrateur célèbre, ses manga les plus connus sont *Rainbow*, *Combat Metal HeMoSoo*, et *King of Hell*. Jae-Hwan vit et travaille actuellement en Thaïlande.

Plus qu'un jeu, une légende.

Plus de 30 millions de jeux vendus à travers le monde, un univers riche digne de celui du *Seigneur des anneaux*. Retrouvez les humains dans leur lutte pour leur survie face aux hordes orcs, mais aussi des morts-vivants, des elfes, des gobelins. ***Warcraft*** est bien plus qu'une licence de jeux de stratégie, il est devenu dès son premier opus une réference. Son côté scénarisé et sa réalisation impeccable font de ce monument du jeu vidéo une source inépuisable de romans et d'autres produits dérivés.

Humain, orc, elfe de la nuit ou mort-vivant, c'est à vous de choisir votre destinée et celle de votre peuple. Le monde d'Azeroth ne pourra pas éternellement subir des conflits répetés, c'est à vous d'y mettre fin, d'une manière ou d'une autre.

Chronologie

Warcraft (1995), sorti sur PC
Warcraft II : Tides of Darkness (1996), sorti sur PC
Warcraft II : The dark Saga (1997), sorti sur Playstation
Warcraft III : Reign of Chaos (2002), sorti sur PC
Warcraft III : Frozen Throne (2003), sorti sur PC
World of Warcraft (2004), sorti sur PC

Warcraft I

L'épanouissement d'un nouveau genre

Au milieu des années 90, le PC a définitivement supplanté les autres micro-ordinateurs. Face aux consoles nouvelle génération qui pointent leur nez (Playstation / Saturn), les éditeurs PC font preuve d'imagination et travaillent plusieurs genres alors méconnus ou inexistants comme le First Personal Shooter (ou FPS), représenté alors par la licence Doom (I.D Software), ou les jeux de Stratégie en Temps Réel (Real Time Strategy ou RTS) initiés par *Dune II* (Avalon Interactive) puis *Warcraft*.

Avec son univers Heroic Fantasy et ses nombreuses références aux mythes « tolkienniens », *Warcraft* trouve très vite son public, autant par la richesse de son scénario que par son gameplay innovant et intuitif. Le premier volet de la saga se consacre exclusivement à la guerre que se livrent l'Alliance humaine et la Horde orc. L'histoire demeure assez simple, le principal intérêt reposant surtout sur le système de jeu innovant.

Warcraft II

La consécration

La licence *Warcraft* doit compter sur une nouvelle concurrence dans le domaine du RTS. Elle vient d'ailleurs autant de l'extérieur (*Command & Conquer*, *Total Annihilation*) que de l'intérieur (*Starcraft*). Cependant, dans l'Heroic Fantasy, aucun titre n'est parvenu à faire oublier le premier épisode et, à peine un an plus tard, *Warcraft II* affole les hit-parades de vente. Commence alors un long règne pour ce jeu devenu un classique du genre.

Avec un scénario plus étoffé, des scènes entre chaque carte qui immergent un peu plus le joueur et l'apparition de nouvelles races et classes de personnages, *Warcraft II* assomme les autres RTS en devenant en plus de cela l'un des jeux les plus joués en réseau. Les développeurs comprennent alors que l'avenir est au multi-joueur et qu'une suite nécessitera un travail plus approfondi. À noter que *Warcraft II : The Dark Saga* sera le premier (et seul à l'heure actuelle) opus de la série à voir le jour sur console de jeu.

Warcraft III

L'âge de raison

Plus de 5 années ont été nécessaires pour que Blizzard sorte le premier RTS entièrement en 3D.
Révolutionnaire à plus d'un titre (apparition d'un héros, progression *via* l'expérience des unités), *Warcraft III* va surtout profiter de l'explosion du jeu en ligne pour très vite s'imposer en Europe et en Corée où la licence prend un essor impressionnant. Suivi un an plus tard de l'extension *Frozen Throne*, *Warcraft III* va purement et simplement monopoliser le marché du genre.

Avec ce titre, ce sont les arrivées des Elfes de la nuit et des morts-vivants qui apportent beaucoup d'innovation. La possibilité de suivre une campagne avec chaque camp multiplie d'autant la durée de vie du jeu et enrichit considérablement le scénario et l'univers de *Warcraft*. Vendu à plusieurs millions d'exemplaires, *Warcraft III* demeure le RTS actuellement le plus joué sur PC ; un quatrième volet de la saga ne devrait pas voir le jour avant 2008.

World of Warcraft

Invasion humaine sur Azeroth

L'annonce de la production d'un *Warcraft* online a créé une véritable fièvre virtuelle auprès des fans de la franchise. Suivie pas à pas par les joueurs et la presse spécialisée, l'évolution du développement va tenir en haleine toute la communauté pendant des années. L'annonce de la recherche de bêta-testeurs va susciter un nombre impressionnant de candidatures. Tout est mis en œuvre pour en faire l'événement de l'année 2004, un objectif atteint !

Des serveurs stables, une communauté majoritaire, *World of Warcraft* va éclipser l'ensemble de ses concurrents et engendrer de nombreux groupes de fans qui vont se réunir autour de blogs Internet pour conter leurs aventures. Perpétuellement mis à jour, le jeu ne souffre d'aucune baisse d'engouement près de deux ans après son lancement et les extensions à venir devraient encore prolonger le plaisir de jouer. Une expérience unique de découvrir virtuellement l'univers d'Azeroth.

ATTENTION :
LES PAGES SUIVANTES SONT
DANS LEUR SENS ORIGINAL DE LECTURE

VOUS ÊTES DONC À LA FIN DU RÉCIT !

...?
IL EST BIZARRE AUJOUR-D'HUI...
HUGO !
OUI MAMAN ?
TU PEUX DESCEN-DRE ? J'AI À TE PARLER...

...
VOUS EN AVEZ PARLÉ À D'AUTRES PERSONNES ?
NON, PAS ENCORE...
JE VOIS...
?

BON EXCUSEZ-MOI, J'AI QUELQUE CHOSE D'URGENT À FAIRE, JE DOIS VOUS LAISSER...
AH, NE PARLEZ À PERSONNE DE CE QUE VOUS AVEZ VU AUJOURD'HUI, COMPRIS ?

…
LES FLAMMES…
À LA FRONTIÈRE DU MONDE…
…DES RUINES…
ILS ONT DISPARU !

TIENS. ÇA VA HUGO ?
JIMBA. EST-CE QUE TU CROIS AUX ESPRITS ?

AUX ESPRITS ?

NOUS EN AVONS VUS AVEC LULU TOUT À L'HEURE PRÈS DE LA RIVIÈRE !

C'EST QUOI ÇA ?
TU AS VU, ÇA BRILLE !

FUIP !

DES GENS !?
CHUT !

OUI, LA FILLE D'À CÔTÉ DE CHEZ MOI !
ON T'A DEMANDÉ DE ME FAIRE PARLER OU QUOI ?
MIAM
MIAM
TU N'AS PAS D'AMOUREUSE OU UNE FILLE QUE TU AIMES BIEN ?
HEIN ?
ÇA NE M'INTÉRESSE PAS…
TU CONNAIS CE PROVERBE ?
DIS-LUI QUE LES HISTOIRES À L'EAU DE ROSE NE M'INTÉRESSENT PAS…

C'EST UN PROVERBE KARAYA…
"LE MARIAGE FAIT LE BONHEUR DES FEMMES MAIS LE MALHEUR DES HOMMES".

AH, TU ES LÀ JIMBA !

QU'Y A-T-IL LULU ?
JE SUIS VENU VOIR CE QUE TU FAISAIS !

BLONG !
AARRGHH !

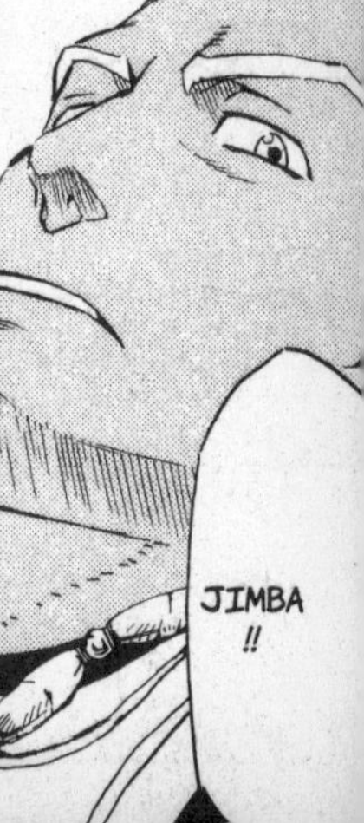
JIMBA !!

DIS-MOI, POURQUOI T'ES PAS MARIÉ ?

DEPUIS QUAND AS-TU LE DROIT D'UTILISER TES PATTES ?
PFFF
TU ES RAPIDE MAIS TES MOUVEMENTS SONT TROP PRÉVISIBLES…
SI MOI, J'ARRIVE À ANTICIPER TES MOUVEMENTS, ALORS TU N'AS AUCUNE CHANCE CONTRE UN HOMME DE FER !
EN RÉALITÉ, CE GAMIN ME DONNE DE PLUS EN PLUS DE MAL… IL DEVIENT TRÈS DOUÉ…

ZIP
FASHH !
PLAF !!!
PAS MAL !
MAIS TU NE DEVRAIS PAS SAUTER AVEUGLÉMENT...

SLASH!

WUUUP !

BING !
HMM ?

MAIS LUCIA… SI TU VEUX ORGANISER UNE TRÊVE…
ÇA SIGNIFIE QU'HUGO DOIT…

…
JE SAIS…

TAC !
TAC !

TAC !
POC !

ALORS ? ON SE RELÂCHE ?

C'EST À MON TOUR D'ATTAQUER !

CE DIABLE BLANC EST APPARU COMME LE VENT… ELLE S'EST BATTUE COMME UN DÉMON ET A RENVERSÉ LA SITUATION À SON COMPTE…
IL PARAÎT QU'ELLE S'APPELLE CHRIS…

…

JE SUIS POUR LA TRÊVE…
IL EST ÉGALEMENT TEMPS DE RESSOUDER LES LIENS ENTRE LES MEMBRES DES SIX CLANS.
NOS FEMMES ÉGALEMENT N'ARRIVENT PLUS À SUBVENIR À ELLES SEULES AUX BESOINS DU VILLAGE…
IL EST PRÉFÉRABLE POUR NOUS D'ORGANISER UNE TRÊVE… MÊME COURTE…

SI NOUS PERDONS TROP DE TEMPS, CES HOMMES DE FER VONT REFORMER DES ARMÉES ENCORE PLUS SOLIDES ET NE FAIRE QU'UNE BOUCHÉE DE NOUS !
AU CONTRAIRE ! JE PENSE QUE C'EST MAINTENANT QU'ILS SONT DÉSORGANISÉS QUE NOUS AVONS UNE CHANCE DE LES VAINCRE UNE BONNE FOIS POUR TOUTES !
UNE TRÊVE AVEC LES ZEXEN ?!

TU AS RAISON. MAIS NOUS AVONS PERDU BEAUCOUP D'HOMMES LORS DE LA DERNIÈRE BATAILLE.
NOUS AUSSI AVONS BESOIN DE REFORMER NOS ARMÉES.

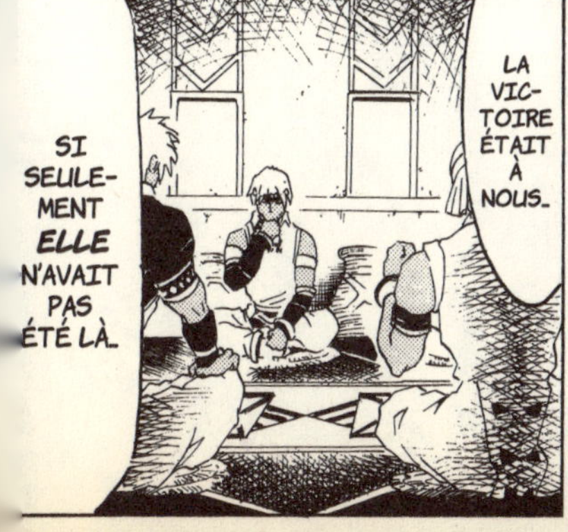
LA VICTOIRE ÉTAIT À NOUS...
SI SEULEMENT ELLE N'AVAIT PAS ÉTÉ LÀ...

LUCE, OÙ EST MA MÈRE ?

DANS SA CABANE JE SUPPOSE...
ELLE A UNE RÉUNION AU SUJET DE CETTE SATANÉE GUERRE...

OÙ ÉTIEZ-VOUS TOUS LES DEUX ? LE SERGENT JOE VOUS A CHERCHÉ !
IL VOULAIT VOUS PROPOSER UNE SÉANCE D'ENTRAÎNEMENT...
AH OUI ? TANT PIS...
TIENS, C'EST POUR TOI !

SERGENT JOE !
HÉ, HÉ, HÉ

ALORS, VOUS PRÉFÉREZ LA RIVIÈRE À MES ENSEIGNEMENTS ?
OUPS !

AU FAIT MAMAN ! SUR LE CHEMIN DU RETOUR, ON A VU UNE DRÔLE DE CHOSE !
QUEL GENRE DE CHOSE ?

OUI, CE BÉBÉ AUSSI A PERDU SON PÈRE LORS DE LA BATAILLE...
PAUVRE PETIT...

VOUS SAVEZ, J'EN AI PLUS QU'ASSEZ DE TOUTES CES GUERRES...
ON A TOUJOURS PLUS DE CHOSES À PERDRE QU'À GAGNER...

JE SUIS BIEN D'ACCORD AVEC TOI...

MAMAN !

ET CETTE CICATRICE DATE DE L'ATTAQUE DES LOUPS...
WHAA ! J'ÉTAIS TROP PETIT À CETTE ÉPOQUE POUR M'EN SOUVENIR...

QU'Y A-T-IL FUBAR ?
グルルル…
BRRRRRRRRR-!
TU AS SENTI QUELQUE CHOSE LÀ-BAS ?

... !?
QU'EST-CE QUE C'EST QUE ÇA...

SPLOAAASH !!!
COUIIIII !
FU-BAR...
...
PFFF
AHAHAHAHA
COUI-------

ドボッ
SPLASH!!!
バサ FLAP
バサ
バサバサ FLAP

Écrivez-nous à :
Soleil Manga
25, rue Titon
75011 Paris - France
manga@soleilprod.com

Titre original : Warcraft, Vol 1

Special thanks to Chris Metzen and Elaine di Iorio…

15, bd de Strasbourg
83000 Toulon - France
Traduction : Ludovic Gorges
Dépôt légal : Juin 2006
ISBN : 2-84946-368-X
Aubin Imprimeur - France
Distribution Hachette